La tentation des sables

CLARE CONNELLY

La tentation des sables

Traduction française de
MARIE BACHÉ

AZUR

HARLEQUIN

Collection : Azur

Titre original :
DESERT KING'S FORBIDDEN TEMPTATION

HARPERCOLLINS FRANCE
83-85, boulevard Vincent-Auriol, 75646 PARIS CEDEX 13
Service Clients — www.harlequin.fr
ISBN 978-2-2804-9943-9 — ISSN 0993-4448

Édité par HarperCollins France.
Composition et mise en pages Nord Compo.
Imprimé en mars 2024 par CPI Black Print (Barcelone)
en utilisant 100% d'électricité renouvelable.
Dépôt légal : avril 2024.

FSC
www.fsc.org
MIXTE
Papier issu de sources responsables
FSC® C159065

Pour limiter l'empreinte environnementale de ses livres, HarperCollins France s'engage à n'utiliser que du papier fabriqué à partir de bois provenant de forêts gérées durablement et de manière responsable.

Prologue

La mer était plus sombre près de la surface alors que ce n'était pas censé être le cas. La lumière et la chaleur du soleil auraient dû scintiller sur les premiers centimètres d'eau mais il n'en était rien. Car ce n'était pas la réalité, c'était un rêve, un cauchemar dans lequel les lois de la physique n'étaient pas respectées.

Il prit une grande inspiration à la recherche d'air mais il ne trouva que de l'eau. Il tendit la main et sentit quelque chose de douloureusement familier, proche mais toujours hors de sa portée. Plus il s'approchait de ce souvenir dont les fils dansaient à la périphérie de son inconscient, plus ce dernier s'éloignait. Un contact fugace, doux et infiniment réconfortant, un parfum de vanille et de kaki, la lumière du soleil sur des planches de bois patiné, des grains de poussières et des rires. Les siens et ceux de quelqu'un d'autre. Une voix lointaine, sans visage, enfouie dans son passé.

La frustration l'arracha à son rêve. Celui d'un jeune garçon en train de se noyer, incapable de trouver sa place dans l'obscurité de l'océan. Et à présent, lui, le cheikh, se réveillait, sans trace du cauchemar qui l'avait tourmenté.

Son passé était riche de mystères et de questions qui le taraudaient, mais Tariq al-Hassan était sûr d'une chose : son destin était de gouverner Savisia, et il accomplirait ce devoir jusqu'à son dernier souffle.

1

Sans l'avoir consciemment recherché, Éloise Ashworth était passée maîtresse dans l'art d'étudier et de comprendre les gens. Comme chez d'autres personnes, cette compétence était née de la nécessité à surmonter les difficultés qu'elle avait rencontrées dans son enfance : les disputes incessantes de ses parents, puis leur mort brutale, avaient aiguisé chez elle des pouvoirs d'observation déjà bien affûtés.

Aussi, ses yeux s'attardèrent-ils un peu trop longtemps sur le visage du cheikh. Là où d'autres se seraient contentés de percevoir un désintérêt bienveillant, Éloise voyait au-delà et, en scrutant le petit pli de son front, le léger plissement de ses yeux et sa mâchoire contractée, elle se demanda ce qui avait bien pu se passer pour qu'il soit à ce point contrarié.

Manifestement, il ne souhaitait pas ce mariage. Mais dans la mesure où la demande était venue de son palais trois mois plus tôt, cela n'avait aucun sens. À moins que quelqu'un d'autre ne tire les ficelles ? Elle balaya du regard les six hommes qui encadraient le puissant cheikh de Savisia et écarta cette idée immédiatement. Pour une raison qui lui échappait, elle ne croyait pas un seul instant que cet homme puisse être forcé à agir contre sa volonté.

L'idée du mariage venait bien de lui mais cela ne le réjouissait guère, elle en était persuadée.

Elle se pencha en arrière sur son siège et l'observa attentivement. Après tout, personne ne faisait attention à elle. Sur les douze personnes réunies pour discuter de la possibilité de cette union, elle était l'unique femme et la seule personne à ne pas occuper de fonction officielle. Son opinion et ses idées n'avaient sans doute pas beaucoup de valeur – même son siège était à l'autre bout de la table, et pas une tête ne s'était tournée dans sa direction pour lui demander son avis.

Un comble dans la mesure où Éloise avait été envoyée par sa meilleure amie, la princesse héritière Elana de Ras Sarat, dans le but de déterminer si ce mariage royal devait bien avoir lieu.

Le cheikh jouissait d'une réputation brillante. Il était héroïque, intelligent, farouchement patriote et adoré de son peuple. En revanche, on ne savait rien de sa vie privée, et les recherches menées à son sujet sur Internet ne montraient que quelques photos prises lors d'événements officiels. Rien d'intéressant.

Éloise avait donc pour mission d'évaluer cet époux potentiel avant de rapporter son avis à Ras Sarat où l'attendait Elana.

La princesse n'écouterait qu'elle. Bien sûr, elle était prête à consentir à ce mariage avec le cheikh Tariq. Du moins, elle en comprenait la nécessité. Car, en vérité, elle ne souhaitait épouser personne. Si elle avait été une simple citoyenne, elle se serait contentée de pleurer son défunt fiancé pour le restant de ses jours. Elana avait profondément aimé et perdu son amour et il était peu probable qu'elle tombe à nouveau amoureuse. Mais ce n'était pas de cela qu'il s'agissait dans ce projet d'union. Les enjeux étaient avant tout politiques.

Contrairement au royaume de Savisia qui était vaste et fabuleusement riche, celui de Ras Sarat avait pâti de décennies de mauvaise gestion, qui l'avaient laissé dans un état financier et politique déplorable. Un mariage avec le cheikh de Savisia consoliderait le pouvoir d'Elana et lui apporterait un afflux d'argent dont elle avait cruellement besoin. Cela l'allégerait d'un fardeau considérable. Un fardeau que personne, hormis Éloise, ne connaissait ; c'était pour cette raison que cette dernière voulait désespérément que le cheikh lui fasse bonne impression. Qu'elle soit convaincue qu'il ferait un bon époux pour son amie chérie.

Elle l'observait donc lorsqu'il parlait et, surtout, lorsqu'il restait silencieux, car c'est alors qu'elle voyait le plus de choses. Bien que le visage du cheikh reste impassible la plupart du temps, Éloise percevait ses infimes changements et son langage corporel, qui faisaient vibrer l'air autour de lui. Des signaux silencieux dont elle seule semblait avoir conscience.

Alors qu'il régnait un certain désordre dans la salle, Éloise restait parfaitement immobile bien que, désormais, cela ait moins à voir avec les réponses du cheikh qu'avec une étrange lourdeur dans ses jambes qui l'empêchait de bouger. Elle se rendit compte soudain qu'elle avait *soif* de le regarder.

Elle avait consulté des photos de lui dans le dossier qu'Elana lui avait confié, mais le voir en chair et en os lui permettait d'apprécier une foule de détails supplémentaires.

Bien sûr, il était très beau mais il se dégageait de lui un charisme et un magnétisme imperceptibles autrement que dans la vie réelle.

L'espace d'un instant, Éloise sembla envoûtée et elle eut le sentiment de perdre pied mais, très vite, elle secoua la tête. Elle devait se reprendre.

Comme s'il avait deviné ce moment de faiblesse, alors que les diplomates s'éloignaient de la table pour prendre une courte pause, le cheikh tourna la tête vers Éloise et leurs regards se croisèrent.

Il avait des yeux si magnifiques et fascinants qu'elle fut incapable de s'en détacher. Soudain, elle prit conscience de son souffle court et de sa peau devenue très sensible.

Le cheikh l'étudiait sans la moindre gêne. Il pouvait se le permettre. Bien que son allure personnelle ne laisse aucun doute à ce sujet, il suffisait d'observer la pièce dans lequel ils se trouvaient pour être convaincu de sa puissance. Vaste et très haute de plafond, celle-ci disposait de larges fenêtres qui offraient une vue spectaculaire sur les jardins de palmiers centenaires et les bassins ornés de fontaines. Les murs étaient dorés à l'or fin et la table de réunion, sculptée dans le marbre. Assis au centre de la salle sur un siège qui aurait pu faire office de trône, le cheikh imposait naturellement son autorité.

À la mort de son père, le bien-aimé cheikh Samir al-Hassan, cinq mois plus tôt, Tariq avait endossé le rôle pour lequel il avait été préparé toute sa vie.

Il était adoré de son peuple depuis le jour où ses parents avaient accédé au trône et qu'il avait été catapulté dans le rôle d'héritier présomptif.

Tariq incarnait à la perfection les traits de caractère que son peuple appréciait le plus : il était courageux, honorable, fort et intrépide. Il était aimé de tous.

Et à présent, il observait Éloise sans une once d'embarras. Lorsque cette dernière parvint à recouvrer ses esprits pour repousser sa chaise d'une main légèrement tremblante, il prit la parole sur un ton qui n'invitait pas à la moindre contestation.

— Restez ici encore un moment.

Le cœur battant, elle pressa une main sur sa poitrine.

— Moi ?

Elle grimaça intérieurement. Pourquoi avait-elle répondu cela ? Au fond, elle n'attendait qu'une chose, échapper à cette tension étrange et sortir de cette pièce pour respirer au grand air. Et ne plus regarder cet homme.

Il inclina la tête en désignant la chaise située en face de lui.

— S'il vous plaît.

Toujours ce ton autoritaire. Implacable.

Soudain, Éloise eut conscience de tout : le balancement de sa longue jupe en lin tandis qu'elle se déplaçait autour de la table, le choc de ses genoux quand elle s'assit, le chatoiement de la lumière passant par la fenêtre et rebondissant sur le plateau en acajou, l'écho de la voix du cheikh. Il posa ses yeux sur elle avec la même curiosité non dissimulée qu'elle avait manifestée à son égard toute la matinée.

Enfant, Éloise avait étudié la danse avec passion et, bien que sa grand-tante se soit opposée à ce qu'elle poursuive dans cette voie, elle savait qu'elle avait gardé de ses leçons un sens inné de la grâce qui se manifestait dans le moindre de ses gestes.

Ce n'est qu'une fois assise qu'elle leva les yeux vers Tariq et, lorsque leurs regards se croisèrent, elle eut le sentiment que son corps s'animait réellement pour la première fois.

Elle *sentait* une vitalité nouvelle couler dans ses veines comme une rivière jaillissant dans une cascade frénétique.

Il était le cheikh. Elle était assise devant lui, à sa demande. Elle resta donc parfaitement immobile et patienta, les mains jointes sur ses genoux pour dissimuler leur léger tremblement.

— Nous n'avons pas été présentés.

— En effet, Votre Altesse.

Comment avouer que les conseillers de Ras Sarat ne voyaient pas l'intérêt de sa participation à ce voyage ? S'ils avaient su à quel point son avis serait crucial ! Il suffisait qu'Éloise rapporte un seul point négatif pour que ce mariage n'ait jamais lieu et que ces négociations n'aient aucune importance.

— Rectifions cela tout de suite, voulez-vous ?

Là encore, il s'agissait d'un ordre plutôt que d'une proposition. De toute évidence, cet homme aimait avoir le contrôle. Négocier cette union ne lui plaisait guère mais, s'il devait le faire, ce ne serait pas devant une inconnue.

— Votre nom ?

— Éloise, Votre Altesse.

Les yeux du cheikh s'écarquillèrent brièvement avant de s'assombrir, et elle sentit son cœur s'emballer dans sa poitrine.

— Éloise ? répéta-t-il d'une voix incroyablement séduisante.

Dommage qu'Elana ait juré qu'elle n'aimerait plus jamais aucun homme. Éloise savait que son amie avait le cœur brisé, mais comme il serait facile de s'éprendre du cheikh Tariq…

— Ashworth, ajouta-t-elle vivement.

— Anglaise ?

Elle acquiesça.

— Et pourtant, vous travaillez pour la famille royale de Ras Sarat ?

— Oui, Votre Altesse.

Cela dit, parler de « famille royale » était exagéré dans la mesure où celle-ci n'était composée que d'Elana et d'un vieil oncle qui avait servi de régent après la mort du roi, en attendant que la princesse soit en âge de régner.

Tariq plissa à nouveau les yeux et une vague de chaleur naquit entre les jambes d'Éloise. Mal à l'aise, elle se déplaça légèrement sur sa chaise. Que lui arrivait-il ?

— Depuis combien de temps ?

— Trois ans.

— Vous ne semblez pas très âgée pour occuper un tel poste, répliqua le cheikh en fronçant les sourcils.

Elle ne put réprimer un petit sourire amusé.

— J'ai vingt-cinq ans, Votre Altesse.

Tariq se passa une main sur le menton.

— Le même âge que la princesse. Vous la connaissez bien ?

— Oui.

Il se pencha en avant et la scruta attentivement.

— Vous êtes amies ?

Surprise par sa perspicacité, Éloise resta silencieuse un instant avant de répondre.

— En effet.

— Des amies proches ?

— On peut dire cela.

Il haussa un sourcil, et elle détourna le regard pour cacher son trouble. Elle venait de lui parler d'égal à égal en oubliant qu'il était le puissant dirigeant d'un pays riche. Cela lui avait semblé naturel, or leur différence de rang devait être respectée.

— Oui, Votre Altesse, nous sommes des amies proches, reprit-elle à voix basse.

Et s'il n'acceptait pas sa présence ? Le mariage serait alors sérieusement compromis.

— Cela pose-t-il un problème ? ajouta-t-elle en levant les yeux vers lui.

— Absolument pas, répondit-il aussitôt. C'est même très sage. La princesse et moi nous sommes rencontrés brièvement il y a quelques années. Je trouverais décevant de sa part qu'elle consentît à ce mariage sans en savoir davantage à mon sujet.

— Ses conseillers évalueront les mérites de cette union, précisa Éloise, étrangement satisfaite de la réponse du cheikh. Mon travail est d'une nature plus... personnelle.

— Je vois, fit-il, et elle devina qu'il avait *en effet* parfaitement compris le rôle qu'elle jouait.

— Et si votre avis est défavorable ?

— La délégation semble ravie de cet accord, s'empressa-t-elle de répondre en rougissant.

— Mais qu'en est-il de *votre* opinion ?

Cette fois encore, Éloise tenta d'éluder sa question.

— Y a-t-il une raison pour laquelle je pourrais désapprouver cette alliance, Votre Altesse ?

Le cheikh esquissa un sourire dévastateur.

— Je ne vous connais pas suffisamment pour le savoir. Mais je suppose que votre propre expérience influe forcément sur votre jugement, n'est-ce pas ?

— Je m'efforce de rester impartiale lorsque je conseille la princesse.

— Même sur des sujets tels que celui-ci ?

Elle souleva légèrement les épaules.

— C'est la première demande en mariage que j'envisage en son nom.

Il sourit à nouveau, et le cœur d'Éloise s'emballa dans sa poitrine. Elle aimait le voir sourire. Beaucoup trop. Soudain, un vent de panique la gagna. Elle se redressa sur son siège et s'efforça d'afficher un visage parfaitement neutre.

— Ma présence vous dérange-t-elle, Votre Altesse ?

— Non, répondit-il. Mais vos réponses apportent un éclairage intéressant.

— Vraiment ? fit-elle en rougissant.

— Ai-je raison de supposer que votre avis est celui qui comptera le plus pour la princesse ?

Les lèvres d'Éloise s'entrouvrirent sous l'effet de la surprise et elle eut juste le temps de voir le regard du cheikh glisser jusqu'à elles avant que son attention ne revienne sur ses yeux.

— Ce n'est pas une question difficile, ajouta-t-il.

— Vous trouvez ? ne put-elle s'empêcher de demander.

— C'est à vous de me le dire.

— Eh bien, Votre Altesse, bien que je déteste être en désaccord…

— Poursuivez, insista-t-il en voyant qu'elle hésitait.

— Si je réponds par l'affirmative, je minimise le rôle de la délégation qui a fait le déplacement pour vous rencontrer. Je suggérerais également que votre temps, qui est, j'en suis sûre, très précieux, a été gaspillé dans ces réunions.

— Parce que, malgré l'intérêt évident de cette proposition et les avantages qu'elle impliquerait pour Ras Sarat, la princesse refusera ce mariage si vous lui dites que vous ne m'appréciez pas, n'est-ce pas ?

Éloise fit la moue.

— La question n'est pas de savoir si je vous apprécie ou non en tant que personne, dit-elle, légèrement essoufflée.

— Si vous m'approuvez en tant que futur époux alors ?

— Cela me semble plus juste en effet, répondit-elle, terriblement embarrassée.

— Et puis-je savoir, je vous prie, sur quels critères vous vous basez pour évaluer mon aptitude ?

— Je crains que ce ne soit pas très scientifique, répliqua Éloise, le cœur battant. Ellie est ma meilleure amie et ce, depuis très longtemps. Je la connais mieux que quiconque. Au fond, j'aimerais être sûre que vous pourrez la rendre heureuse, surtout après ce qu'elle a vécu. C'est tout ce qui compte à mes yeux.

Tariq se passa une main sur le menton.

— J'ai lu des choses à propos de son fiancé.

Éloise pâlit. Elle prit une grande inspiration, ne sachant que dire.

— Elle a mal vécu sa mort ?

— Bien sûr, Votre Altesse. Ils étaient très épris l'un de l'autre... Ils s'aimaient à la folie, ajouta-t-elle d'une voix triste.

— Je suppose que la princesse éprouve des sentiments mitigés à l'égard de ma proposition.

Éloise écarquilla les yeux.

— Je...

Bon sang ! Elle en avait trop dit.

— Si Elana était d'ores et déjà opposée à cette union, elle ne m'aurait pas envoyée, reprit-elle.

Le cheikh resta silencieux quelques instants avant de hocher lentement la tête.

— Et vous, souhaitez-vous que ce mariage ait lieu ?

Comment répondre à cette question sans révéler la situation dans laquelle se trouvait la nation de Ras Sarat ? Hors de question d'avouer à cet homme l'état désastreux de leur économie et de leur système politique.

— Je mets un point d'honneur à garder l'esprit ouvert en toutes circonstances.

Il haussa les sourcils d'une manière qu'elle ne lui avait pas encore vu faire.

— En plus d'être une amie loyale de la princesse, avez-vous d'autres qualifications qui vous rendent apte à jouer ce rôle de conseillère ?

— La plus importante d'entre elles est sans doute le fait qu'Elana me fasse confiance, répliqua Éloise. Mais j'ai d'autres mérites sur lesquels elle peut s'appuyer.

— Lesquels ?

— Est-il pertinent de les citer ? répondit-elle avant de rougir violemment. Pardonnez-moi d'avoir été si impolie, Votre Altesse, reprit-elle vivement.

— Directe, pas forcément impolie. Et au cas où vous ne l'auriez pas remarqué, je préfère que l'on s'adresse à moi en toute franchise.

Il croisa les bras sur sa poitrine et elle baissa les yeux sur ses larges pectoraux. Il portait la djellaba traditionnelle de son pays mais elle se souvint des photos de lui en vêtements occidentaux, et une vague de chaleur la gagna. Soudain, elle eut envie d'un verre d'eau et tendit la main vers celui qui se trouvait devant elle avant de se raviser en se rappelant qu'il appartenait au précédent occupant du fauteuil.

Le cheikh se leva, et elle le suivit du regard, fascinée par sa carrure athlétique qui rappelait celle d'un dieu romain. Il se dirigea vers une table au bout de la pièce et se servit un verre d'eau fraîche. De petits morceaux de citron et des grains de grenade flottaient à la surface du récipient, et lorsqu'il le plaça devant Éloise elle en perçut le parfum.

— Merci, murmura-t-elle.

Il inclina la tête mais, au lieu de retourner à sa place, il s'assit sur le bord de la table, à côté d'elle. Troublée, elle détourna le regard pour contempler la vue à travers les baies vitrées.

— Et donc, vos qualifications ? demanda Tariq d'une voix si envoûtante qu'Éloise eut le sentiment qu'elle l'enveloppait tout entière.

Elle avala une gorgée d'eau et reposa le verre sur la table en gardant une main dessus, comme pour s'ancrer à la réalité.

— Pourquoi supposez-vous que j'en aie, hormis mon amitié avec la princesse ?

— Votre présence ici ne serait pas tolérée s'il ne s'agissait que d'amitié.

Elle haussa les sourcils.

— Ma présence ici est *à peine* tolérée, répliqua-t-elle avant de comprendre à quel point cet aveu était révélateur.

La chaleur inonda ses joues et elle croisa les doigts pour que le cheikh ne le remarque pas.

— Vous n'étiez pas là hier et, manifestement, personne ne s'attendait à ce que vous veniez aujourd'hui, déclara Tariq.

Décidément, il était vraiment perspicace.

— En effet, Votre Altesse. Je n'ai pas voyagé avec la délégation.

— Pour quelle raison ?

Il y avait deux réponses à cette question : les négociateurs avaient fait tout ce qui était en leur pouvoir pour l'empêcher de venir mais, surtout, Éloise ne prenait jamais l'avion si elle pouvait l'éviter.

— J'ai conduit, expliqua-t-elle.

— Depuis Ras Sarat ?

— Ce n'est pas si loin.

— Cela a dû vous prendre plusieurs jours.

— Oui.

Elle s'empressa de combler le silence avant qu'il ne pousse plus loin son interrogatoire car, pour une raison mystérieuse, elle ne tenait pas à confier sa peur des avions à cet homme. C'était un sujet trop personnel.

— J'aime prendre la route chaque fois que j'en ai l'occasion, précisa-t-elle, mais visiblement ses explications ne suffirent pas à convaincre le cheikh qui fronça les sourcils. Quant à mes qualifications, je suis diplômée de droit à Oxford et d'économie à la London School of Economics.

Il ne sembla pas surpris, comme s'il s'en doutait déjà.

— Vous avez fait vos études avec la princesse ?

— Oui. Et nous étions au lycée ensemble.

Tariq resta songeur un instant, puis il se redressa et se dirigea vers la porte qu'il ouvrit.

— Messieurs, je vous prie, annonça-t-il, et une file de délégués entra aussitôt dans la salle de réunion.

Éloise retourna s'asseoir à sa place. Leur interaction étrange l'avait laissée sur sa faim. À présent, elle était presque déçue de voir le cheikh s'adresser non plus à elle mais à toute une audience.

Mais lorsqu'il prit la parole, elle eut le sentiment que son univers basculait.

— Ces négociations reprendront dans une semaine. Il est inutile de les poursuivre à ce stade.

Le diplomate en chef de Ras Sarat prit un air stupéfait, et Éloise sentit son cœur s'emballer dans sa poitrine. Avait-elle dit quelque chose de mal ? Elle était venue ici pour évaluer l'aptitude du cheikh, pas pour ruiner tout espoir de mariage. Même si Elana n'aimerait jamais cet homme, elle avait désespérément besoin de cette union.

— Mais, Votre Altesse, bredouilla le dignitaire corpulent, avec tout le respect que je vous dois, il s'agit d'un mariage très méritoire. Songeriez-vous à abandonner ce projet ?

— Ai-je dit que c'était mon intention ? répliqua froidement Tariq en toisant l'homme qui venait de s'adresser à lui.

— Eh bien non, mais je ne vois pas quelle autre raison vous pousserait à retarder ce...

— La princesse n'a pas encore pris sa décision. Si elle ne souhaite pas ce mariage, les discussions autour des tarifs d'importation sont une perte de temps pour nous tous.

— Si Son Altesse ne considérait pas sérieusement cette union, elle ne nous aurait pas envoyés, tenta d'opposer le diplomate.

— Elle n'aurait pas non plus envoyé d'émissaire pour juger de mon aptitude à devenir son époux, répondit le cheikh.

Tous les regards se tournèrent vers Éloise et celle-ci sut alors sans l'ombre d'un doute qu'elle était aussi rouge qu'une pivoine.

— Un mariage ne se résume pas à des accords commerciaux, poursuivit le cheikh.

Il s'interrompit quelques secondes.

— Tant que Mlle Ashworth ne sera pas prête à recommander ce mariage à la princesse, ce sera une perte de temps que de poursuivre les négociations, fit-il en se tournant vers Éloise, et celle-ci cessa de respirer. Par conséquent, Mlle Ashworth et moi allons passer une semaine à faire connaissance. Je me rendrai disponible pour répondre à toutes ses questions. Dans la mesure où la princesse résidera à Savisia si le mariage est contracté, Mlle Ashworth visitera également les palais et elle se familiarisera avec la culture de notre pays. À l'issue de cette période, elle sera mieux à même de donner son avis à la princesse et, le cas échéant, nous pourrons alors reprendre les négociations. D'ici là, je vous invite, messieurs, à profiter de l'hospitalité de mon palais.

2

Le diplomate de Ras Sarat ouvrit la bouche pour protester mais un homme assis à la droite du cheikh le devança.

— Son Altesse a parlé.

Il n'en fallut pas plus pour faire taire le reste de l'audience. Éloise sentit des regards furieux se poser sur elle tandis que les émissaires quittaient un à un la salle de réunion, mais elle fit mine de ne rien remarquer. Lorsqu'ils furent presque tous sortis, elle récupéra son dossier et commença à se diriger elle-même vers la porte.

— Restez là, mademoiselle Ashworth.

Elle ne put réprimer un frisson en entendant le cheikh prononcer son nom à voix basse. Elle enfonça ses ongles dans les paumes de ses mains et prit une grande inspiration.

— Vraiment, Votre Altesse, je ne crois pas que ce soit nécessaire...

— Êtes-vous en désaccord avec mes propos ?

— Ce n'est pas cela mais...

— Mais ? fit-il de sa voix grave en se rapprochant d'elle.

Sentait-il lui aussi l'air crépiter autour d'eux ? Bien sûr, il était profondément inapproprié de réprimander un cheikh et pourtant elle ne put s'empêcher de répliquer en toute sincérité :

— Je suppose qu'il aurait été bénéfique d'écouter quelques conseils avant de lancer cette proposition.

— Je n'ai pas l'habitude de consulter quiconque au sujet de mes décisions.

— Évidemment.

— Aurais-je déjà perdu un point à vos yeux ?

Elle tenta de réprimer un sourire et, cette fois encore, elle oublia qu'elle devait faire preuve de déférence envers cet homme.

— Disons simplement que je ne suis pas une fan de l'autocratie.

Le rire du cheikh fut aussi inattendu que délicieux. Éloise le contempla, fascinée par le son viril et riche qui s'échappait de sa bouche. Troublée, elle agrippa le dossier d'une chaise pour se maintenir en équilibre.

— Voyons voir si je vous comprends bien, mademoiselle Ashworth.

Pitié, qu'il arrête de prononcer son nom de cette façon ou elle allait perdre la tête.

— Appelez-moi Éloise, je vous en prie.

Après tout, cet homme allait très probablement épouser son amie la plus proche. Il était donc normal qu'il fasse usage de cette familiarité avec elle, non ?

— Éloise.

Mon Dieu, c'était encore pire ! Elle tenta de réprimer les papillons qui jaillissaient dans le creux de son ventre. En vain.

— Vous êtes venue ici sans y avoir été invitée...

— J'ai été envoyée par la princesse de Ras Sarat, coupa-t-elle sans pouvoir s'en empêcher.

Les yeux du cheikh se plissèrent. Manifestement, personne jusqu'à présent n'avait osé lui couper la parole. Éloise elle-même n'en revenait pas. Était-elle devenue folle ?

— Votre arrivée était inattendue, même pour votre délégation, poursuivit-il comme si elle n'avait rien dit, et elle soupira, soulagée. Votre but est donc de déterminer si je ferais un époux convenable et d'évaluer les chances de bonheur de votre princesse. J'ai indiqué mon intention de travailler à vos côtés pour vous faciliter la tâche et, cependant, vous estimez que je me comporte en autocrate ?

Il avait raison. Sa proposition permettrait à Éloise de conseiller Elana plus facilement. Néanmoins, elle resta silencieuse et inclina la tête sur le côté pour l'étudier durant un instant.

— Dites-moi le fond de votre pensée, Éloise.

Cette fois-ci, il avait presque ralenti en prononçant son nom, comme s'il le savourait.

— Eh bien, nous avons parlé durant plusieurs minutes avant que la séance ne reprenne et je ne vois pas ce qui vous aurait empêché de me prévenir de vos intentions. Ainsi, je n'aurais pas été aussi surprise lorsque vous avez fait votre annonce.

— Et vous auriez accepté ?

— Elana me fait confiance. Elle compte sur moi.

— Donc vous auriez été d'accord si je vous l'avais demandé ?

— Comment le savoir puisque vous ne l'avez pas fait ?

— Je vous le demande maintenant.

Il croisa les bras sur sa poitrine et, soudain, Éloise eut le sentiment que la pièce devenait plus étroite.

— C'est un peu tard, vous ne croyez pas ?

Il écarquilla les yeux et elle se demanda une fois de plus si elle n'était pas allée trop loin.

— Même si vous refusez de l'admettre, vous savez que j'ai raison, dit-il.

Elle retint son souffle. Il *avait* raison, bon sang.

— Je ne pense pas qu'une semaine entière soit nécessaire, Votre Altesse, marmonna-t-elle.

— Nous parlons d'un engagement pour la vie. Une fois que Son Altesse aura accepté cette union, il n'y aura plus de retour en arrière possible, pour aucun de nous, conclut-il, et elle perçut une lueur de doute dans son regard, qui la bouleversa.

Décidément, tout la fascinait chez cet homme. Son physique, sa présence, ses pensées. Au point d'en perdre toute sagesse.

— Je suis sûre que vous préférez vous dire que les conseils que vous allez dispenser à votre amie sont fondés.

Elle était coincée. Comment refuser son offre à présent ?

— Très bien, murmura-t-elle avec un hochement de tête en se forçant à sourire.

Le sourire qu'il lui adressa en retour fut dévastateur et légèrement empreint de cynisme. Elle baissa les yeux vers la courbe harmonieuse de ses lèvres qui embellissait davantage son visage aux traits ciselés.

— Mon chef de cabinet fera déplacer vos affaires au palais.

— Le palais ? s'exclama Éloise. Ce ne sera pas nécessaire. J'ai une chambre d'hôtel tout à fait convenable en ville.

— Vous êtes ici pour évaluer la vie future de votre princesse, n'est-ce pas ?

Elle se mordit la lèvre et acquiesça en silence.

— Dans ce cas, vous vivrez au palais, comme elle le fera.

Une fois encore, il marquait un point. Elle aurait voulu protester mais, quel que soit l'endroit où elle posait son regard, le pouvoir de Tariq, son prestige politique et sa puissance étaient évidents. Il y avait aussi ce qu'il dégageait, ses manières, son regard évaluateur. On ne pouvait s'opposer à cet homme au sujet de détails aussi peu importants.

— Si vous pensez que c'est préférable, Votre Altesse.

Il eut un rire doux qui s'enroula autour d'elle pour l'attirer comme un aimant.

— J'en suis certain, Éloise. Venez, mon chef de cabinet va vous conduire dans une suite destinée aux invités.

Il se dirigea vers la porte et elle contempla sa silhouette puissante. Au moment de sortir, il se retourna vers elle, et leurs yeux se croisèrent. Elle eut le sentiment que le sol se dérobait sous ses pieds.

— Vous me regardez comme si j'étais sur le point de vous donner en pâture à une meute de loups. N'ayez crainte, ce ne sera pas le cas.

— Que vient-il de se passer ?

— Je veux simplement montrer à ma future épouse que je respecte son processus de prise de décision. Tu penses que j'ai commis une erreur ?

Tariq se tourna vers Jamil, son meilleur ami et plus proche conseiller.

— Absolument pas. Je me demandais simplement si vous étiez sûr de vous.

— Totalement, répliqua vivement le cheikh.

Après tout, il ne pouvait se permettre d'y réfléchir à deux fois. Pas après ce qu'il avait appris. Ses lèvres se crispèrent au souvenir de la conversation qu'il avait eue cinq mois plus tôt avec sa mère, au lendemain des funérailles de son père bien-aimé. Une discussion qui l'avait profondément ébranlé, bousculant tout ce qu'il savait de son existence et de la place qu'il y occupait. Le sentiment indéfinissable de justesse vis-à-vis de sa position à Savisia, de son rôle de dirigeant, était soudainement parti à la dérive, sur le même océan turbulent qui avait bercé son sommeil depuis des années.

« Ton père n'a jamais voulu que tu saches la vérité, mon chéri. Il insistait sur le fait que je ne devais pas t'en parler. »

Tariq avait hésité. Car aussi intrigué qu'il pût être par la déclaration de sa mère, il était indéfectiblement fidèle à son père et faisait implicitement confiance à ses souhaits.

« Si ce secret lui tenait tant à cœur, peut-être devriez-vous le garder ? »

« Je ne peux pas. Sa mort change beaucoup de choses. »

L'inquiétude de sa mère était évidente et Tariq, toujours protecteur envers elle, avait détesté la voir bouleversée. Il s'était assis à côté d'elle, prêt à entendre le pire.

« Quelles choses ? »

Sa mère avait étouffé un sanglot et cela l'avait ébranlé. Il avait surmonté ses peurs irrationnelles de nombreuses années auparavant, aidé par son père. Désormais, il ne craignait plus rien, pas même la marche du temps.

Mais la tristesse de sa mère lui était insupportable.

« Votre fardeau semble bien lourd à porter, mère. Quel est-il, dites-le-moi. Je vous promets que cela ne changera rien. Rien d'important. »

Quel idiot il avait été ! Si arrogant et sûr de lui. Il n'avait pas compris qu'il se trouvait sur un terrain mouvant et que sa place à Savisia était soumise à des forces extérieures qui menaçaient de s'exercer à tout moment. Il avait écouté sa mère lui raconter la vérité sur sa naissance. Il était né en Espagne et avait eu un accident, bébé, au cours duquel il avait été grièvement blessé. Ses parents et son grand frère n'avaient pas survécu, le laissant seul au monde.

Lors d'un voyage dans ce pays, le cheikh et la cheikha avaient fait une visite dans l'hôpital où il se trouvait. À l'époque, son futur père n'était pas le cheikh au pouvoir mais le frère cadet de celui-ci. Il n'était pas prévu qu'il accède au trône, c'est pourquoi avec son épouse ils menaient leur vie comme bon leur semblait. La cheikha avait tenté durant des années de concevoir un enfant mais, après de multiples fausses couches, elle avait renoncé au bonheur de devenir un jour mère. Le cœur brisé, elle se préparait à passer sa vie sans enfant et voilà que s'était présenté ce bébé orphelin qui avait désespérément besoin d'une maman.

« Je t'ai aimé dès l'instant où je t'ai vu, mon chéri, et j'ai su alors sans l'ombre d'un doute que la femme qui t'avait donné naissance me serait reconnaissante de t'emmener avec moi. Comme si elle savait que je t'aimerais éternellement. »

Son père s'y était opposé. Cela allait à l'encontre de ses coutumes et de ses croyances. Et même si, à Savisia, l'adoption était légale et qu'il était miséricordieux de prendre un enfant chez soi et de l'élever lorsqu'il n'avait plus de parents, cette pratique était inconcevable au sein de la famille royale.

Mais la mère de Tariq avait refusé de le laisser. Elle s'était battue, avait insisté, pleuré, tant et si bien qu'au bout de dix jours le cheikh avait cédé. Ils s'occuperaient de l'enfant pendant un mois, le temps de lui trouver une famille convenable et de le confier en bonne santé à ses soins.

Bien entendu, un mois s'était transformé en trois, puis en un an. Le couple était rapidement tombé amoureux de ce petit garçon qui souriait, riait et les serrait dans ses bras quand il pleurait. Tous deux avaient alors compris qu'il était leur fils dans tous les domaines qui comptent.

Et alors qu'ils avaient l'intention de déménager dans un petit village à l'écart du monde pour mener une vie tranquille, le destin en avait voulu autrement...

Tariq leur ressemblait tant avec sa peau mate, ses yeux noirs, ses fossettes et sa nature intelligente et curieuse.

Comment auraient-ils pu savoir que, en le ramenant chez eux et en le faisant passer pour leur fils, ils imposeraient un jour un étranger sur le trône ? Leur lignée qui faisait la fierté des Savisiens avait pris fin avec ses parents.

Tariq était un imposteur.

Pourtant, un salut était encore possible. Il en avait eu l'idée, une nuit durant laquelle il s'était souvenu d'un cours d'histoire à l'école primaire : des centaines d'années plus tôt, son pays et Ras Sarat ne faisaient qu'un. Les terres et les frontières avaient changé au fil du temps, les alliances avaient pris fin, mais la lignée royale qui comptait tant pour son peuple était restée intacte en la personne de la princesse héritière Elana. En l'épousant, Tariq pourrait conjurer toute prétention éventuelle d'un autre parti au trône.

Car même s'il n'était pas né pour régner, il avait été élevé uniquement dans ce but. Il savait qu'il était un excellent cheikh et c'est tout ce qui comptait.

Son mariage avec Elana devait avoir lieu à tout prix, même si cela impliquait de passer une semaine avec sa conseillère pour s'assurer qu'elle valide sa proposition.

— Je suis totalement sûr de moi, répéta Tariq à Jamil. Ce mariage a du sens. Il doit avoir lieu.

— Oui. Et le fait que votre future épouse soit absolument ravissante ne peut pas faire de mal, je suppose.

Tariq tenta de se figurer mentalement l'image de la princesse héritière ; seulement, une autre femme s'imposa dans son esprit. Des grands yeux noisette pailletés d'or et surmontés de cils noirs et épais. Un visage en forme de cœur, un petit nez retroussé, un cou fin, parfaitement proportionné à son corps délicat. Une peau pâle, légèrement dorée par le soleil de Ras Sarat. Des mains aux longs doigts et aux ongles magnifiques.

Éloise.

Même son nom avait eu sur lui un effet dévastateur. Tariq serra les dents et tenta de mobiliser son pouvoir de concentration légendaire sur le sujet qui importait.

Il n'avait pas été avec une femme depuis que son père était tombé malade. Son corps avait soif de ce qu'il ne pouvait avoir – et il était tout à fait clair que la meilleure amie de sa future épouse n'était pas une partenaire appropriée. À partir de ce constat, tout fantasme était strictement proscrit.

Même si en observant les lèvres pleines et arquées de la jeune femme lorsqu'elle avait bu de l'eau, son imagination s'était envolée et il avait rêvé que ces mêmes lèvres encerclent un vaisseau plus digne…

Il étouffa un juron et agrippa la balustrade devant lui à pleines mains.

— Ravissante ou pas, Elana est de lignée royale et disponible, déclara-t-il. Pour l'avoir rencontrée à une ou deux reprises, je sais qu'elle est sensible et qu'elle connaît bien les coutumes de Savisia. C'est tout ce qui compte à mes yeux, acheva-t-il en haussant les épaules.

Jamil considéra un instant son ami avant de hocher la tête.

— Dans ce cas, il ne vous reste plus qu'à conquérir Mlle Ashworth.

Tariq n'avait pas envie de penser à ce qu'il éprouverait s'il conquérait vraiment la jeune femme. Il s'était juré qu'il ne la toucherait jamais. Il n'y avait donc aucune raison de se demander ce qu'il ressentirait en l'embrassant.

À peine une heure après son arrivée dans la suite la plus somptueuse qu'elle eût jamais vue, un domestique frappa à la porte d'Éloise pour lui annoncer que le cheikh l'attendait. Son cœur s'emballa dans sa poitrine et elle repensa à l'échange de SMS qu'elle venait d'avoir avec Elana.

C'est parfait, Lissie. Tu feras le meilleur des juges et une semaine te donnera largement le temps de comprendre qui est cet homme. Je te dois tant.

Bien entendu, c'était faux. C'est Elana qui l'avait sauvée, et toutes deux le savaient parfaitement. Au lycée, Éloise avait été terriblement malheureuse. Elana lui avait redonné le sourire et l'avait aidée à traverser les ténèbres du chagrin et de la solitude. Elles étaient devenues meilleures amies pour la vie et prenaient désormais soin l'une de l'autre.

Jamais je ne te laisserais épouser un homme que je n'apprécierais pas. Je suis heureuse d'avoir l'occasion de l'évaluer pour toi.

Elle ajouta un émoji « doigts croisés » à son message et glissa son téléphone dans sa poche avant d'emboîter le pas au serviteur. Elle faisait cela pour Elana, rien de plus. Surtout pas pour le bourdonnement qui vibrait au creux de son ventre à l'idée de revoir le cheikh.

Tout en cheminant, elle admira le bâtiment, ses hauts plafonds sculptés avec ses colonnes réhaussées à la feuille d'or. Puis le sol en marbre blanc étincelant parcouru de veines argentées qui lui donnèrent envie de s'agenouiller pour les caresser du bout du doigt.

Éloise adorait l'histoire et les demeures anciennes du Moyen-Orient. Ce n'était pas seulement le mobilier et l'architecture grandioses qu'elle estimait, mais aussi les tapisseries antiques qui représentaient des détails de la vie quotidienne, des millénaires auparavant. Elle les regarda avec mélancolie alors qu'ils s'en éloignaient déjà, se promettant de revenir une autre fois les contempler une par une.

La garde royale de Savisia en tenue traditionnelle était omniprésente avec une sentinelle postée devant chaque porte. Éloise passa ainsi devant une douzaine de gardes avant que le serviteur n'emprunte un couloir bordé de larges fenêtres qui offraient une vue panoramique sur l'océan étincelant. De chaque côté du couloir, de gigantesques vases remplis de fleurs locales dégageaient un parfum céleste qui lui donna étrangement le mal du pays.

Depuis quand Ras Sarat était-elle devenue sa patrie ? Depuis quand avait-elle cessé de regretter les champs vallonnés des Cotswolds, le bruit des abeilles bourdonnant sur les vignes au printemps et la pluie fine de l'après-midi ? Impossible de le dire mais, même si elle aimait toujours l'Angleterre, ce pays faisait désormais partie de son passé.

Peut-être que le vieil adage avait raison : le foyer se trouve là où est son cœur. Car le cœur d'Éloise se trouvait auprès d'Elana. Elle n'avait plus de famille. Ses parents étaient décédés, sa grand-tante aussi. Elle n'avait personne d'autre. Elana était son âme sœur. Voilà pourquoi elle devait avant tout œuvrer à son bonheur. C'était une grande responsabilité mais elle connaissait suffisamment son amie pour savoir de quoi celle-ci aurait besoin. Pas d'amour, mais du respect, du bonheur et des perspectives de vie communes qui faciliteraient le partage du pouvoir entre les deux pays. Éloise connaissait la situation désastreuse de l'économie de Ras Sarat et la pression qui pesait sur les jeunes épaules d'Elana. S'il existait un moyen de faire en sorte que cela fonctionne, elle était déterminée à y parvenir.

Le domestique fit halte devant une double porte encadrée de chaque côté par des compositions florales somptueuses. Il frappa trois coups pour prévenir de leur arrivée. Éloise patienta en s'efforçant de ne pas tenir compte du bourdonnement qui retentissait dans ses oreilles.

Dès que les portes s'ouvrirent et qu'elle aperçut la pièce magnifique au centre de laquelle se trouvait le cheikh Tariq, elle cessa de respirer et sentit ses genoux vaciller. Elle dut mobiliser tout ce qui lui restait de courage pour se forcer à sourire.

— Éloise.

Elle faillit lui demander de l'appeler à nouveau par son nom de famille. Cela endiguerait peut-être cette sensation étrange qui envahissait son corps quand il prononçait son prénom.

— Votre Altesse, murmura-t-elle en faisant une révérence.

— Comment trouvez-vous votre suite ?

— Magnifique, je vous remercie, répondit-elle en esquissant un sourire.

— Bien, fit-il en hochant la tête, et elle surprit dans son regard une lueur de contentement, comme si son bien-être comptait *effectivement* pour lui.

Elle devait se reprendre immédiatement. Elle était là pour Elana, uniquement.

— Est-ce l'appartement qu'occupera la princesse si elle devient votre épouse ?

— Ma femme partagera mon appartement, répliqua-t-il en plongeant son regard dans le sien, et elle crut défaillir. Il est largement assez spacieux pour héberger deux personnes ou plus.

— Plus ? répéta-t-elle, curieuse.

— Eh bien, oui. Je m'attends à ce que nous ayons des enfants.

— Plusieurs ? insista-t-elle en sentant un pincement naître dans son cœur.

Des éclairs de désir qu'elle avait relégués au fond de sa conscience s'imposèrent soudain à elle. L'espace d'un instant, elle se rappela son espoir ancien d'avoir un jour une famille nombreuse. En tant que fille unique, elle avait eu une enfance très solitaire. Elle avait soif d'amour, de bruits et de plaisirs. Toutes ces joies qu'elle avait fantasmées en jouant ou en lisant seule. Mais ensuite, les violentes disputes de ses parents avaient éclipsé ses rêves au point qu'Éloise en était venue à rechercher cette solitude et ce silence. Pour surtout ne pas avoir à revivre ce quotidien émaillé de brutalité et de douleur.

— C'est mon souhait, avoua le cheikh après une pause. J'ai grandi sans frère et sœur et c'est un lourd fardeau à placer sur les épaules d'un seul enfant.

— Quel fardeau évoquez-vous ?

— Celui d'être l'héritier du trône.

Éloise hocha pensivement la tête. Elle avait suffisamment entendu Elana s'en plaindre pour croire Tariq sur parole. Mais l'entendre de sa bouche l'intriguait plus que cela n'aurait dû.

— Pourquoi en parlez-vous comme d'un fardeau ? ne put-elle s'empêcher de demander.

— Parce que c'est une condition précaire, répondit-il. Votre amie et moi sommes dans une situation similaire. Le mariage et les enfants sont une précaution raisonnable.

— Vous voudriez donc en avoir rapidement ?

— Je ne vois guère l'utilité d'attendre, fit-il en haussant les épaules comme si ce sujet n'avait pas d'importance.

Il resta silencieux un instant avant de reprendre.

— Est-ce un problème ?

— Je ne peux parler au nom d'Ellie…

— N'est-ce pas pour cela que vous êtes ici ?

— Pour *observer* à sa place, ce qui n'est pas pareil, Votre Altesse, précisa Éloise en lui adressant un sourire timide.

— En effet, répondit-il avant de désigner une longue table derrière eux. Je suppose que vous n'avez pas déjeuné ?

— J'étais en retard à la réunion ce matin et je n'ai même pas pris le temps de petit déjeuner, avoua-t-elle.

— Dans ce cas, allons nous sustenter en poursuivant notre discussion.

Elle ne put réprimer un soupir de soulagement et suivit Tariq jusqu'à la table. Il tira une chaise et plongea son regard sombre dans le sien en inclinant la tête pour l'inviter à s'asseoir. Elle le fixa quelques secondes de trop avant d'obtempérer sans pouvoir réprimer un frisson.

Le souffle court, elle se glissa rapidement sur sa chaise et, quand la main de Tariq effleura son épaule alors qu'il se rendait à sa place, elle eut le sentiment qu'une décharge électrique la traversait de part en part.

Elle leva les yeux vers lui, stupéfaite. Avait-il ressenti la même déflagration ? Mais le beau visage du cheikh resta impassible. Ce qu'elle pouvait être naïve…

Il prit place face à elle et, malgré l'espace qui les séparait, cela lui parut beaucoup trop intime. C'était absurde : ils se trouvaient dans une salle de cérémonie officielle mais le fait qu'ils soient seuls impliquait qu'Éloise le considérait davantage comme un homme que comme un cheikh. Soudain, elle regretta amèrement son manque d'expérience auprès des hommes. Quelques rendez-vous à l'université et un petit ami à moitié sérieux il y a quatre ans ne lui permettaient pas d'afficher l'attitude blasée qu'elle aurait aimé avoir en cet instant.

— Pensez-vous que la princesse souhaite attendre un peu avant de fonder une famille ?

Comme c'était étrange de fantasmer sur cet homme la minute précédente et de l'imaginer à présent marié à sa meilleure amie. Éloise secoua la tête comme pour se débarrasser de ces pensées contradictoires.

— Avec le respect que je vous dois, Votre Altesse, je vous répète qu'il serait indiscret de ma part de spéculer sur le compte d'Elana.

— Cela ne devrait-il pas fonctionner dans les deux sens ?

— Que voulez-vous dire ?

— Eh bien, vous êtes ici pour apprendre ce que vous pouvez alors pourquoi ne pas en profiter pour me fournir des informations au sujet de ma future épouse ?

— Ne préférez-vous pas la rencontrer en personne ?

Le cheikh haussa nonchalamment les épaules.

— Cela viendra en temps voulu.

Un frisson parcourut Éloise, et elle porta son attention sur la table pour trouver une distraction au trouble qui s'était emparé d'elle. Comme s'il avait deviné ses pensées, Tariq lui offrit une description détaillée de chacun des mets traditionnels qui leur étaient servis.

Éloise prit quelques cuillerées de différents plats ainsi qu'une gorgée de sa boisson rafraîchissante avant de trouver le courage de croiser à nouveau son regard.

— Est-ce que cela vous rend mal à l'aise ?

Elle écarquilla les yeux et cessa de respirer.

— *Qu'est-ce* qui me mettrait mal à l'aise ?

— De parler d'Elana ?

— Pas de parler d'elle en soit. En revanche, je préfère éviter de partager son intimité et ses souhaits personnels.

— Et pourtant, vous attendez de moi que je vous ouvre mon âme...

— Je n'attends rien de tel, Votre Altesse ! s'exclama Éloise en rougissant.

— Mais alors comment pourriez-vous conseiller votre amie ?

— Je n'ai pas besoin de connaître tous vos secrets pour savoir si vous êtes capable de la rendre heureuse. Il me suffit de vérifier que vous êtes honnête et gentil...

— Ce sont les traits que vous appréciez le plus ?

— Ce que j'apprécie n'a pas d'importance, répliqua-t-elle, émue. Je ne pense qu'au bonheur d'Elana.

— Bien sûr, répondit le cheikh. Et c'est donc ce qu'elle recherche dans son mariage ?

— N'est-ce pas le cas pour tout le monde ?

Tariq fit la grimace.

— Les gens se marient pour de nombreuses raisons, certaines bien plus cyniques que celles que vous suggérez.

Éloise entrouvrit les lèvres, surprise.

— Vous ne voyez pas le mariage d'un bon œil ?

— J'ai fait ma demande à la princesse, n'est-ce pas ?

— Dans ce cas, pourquoi l'avoir faite ? ne put-elle s'empêcher de demander.

— Comme je l'ai dit, sans frère ni sœur, la lignée est en péril. Jusqu'à la mort de mon père, ce sujet ne semblait pas si urgent. À présent, je suis le dernier cheikh restant et c'est une situation que j'ai l'intention de rectifier sans tarder.

— Je vois, fit-elle avant de plonger sa fourchette dans un curry de pois chiches et de pruneaux pour le goûter.

Assaillie par des saveurs délicieusement parfumées, elle ne put réprimer un gémissement de plaisir.

— C'est merveilleux, murmura-t-elle.

— La question des enfants pourrait-elle constituer un problème pour votre amie ? demanda Tariq sans tenir compte de ses éloges enthousiastes de la nourriture.

Éloise le dévisagea, le cœur battant.

— Un problème ? Non, rien de tout cela.

Elle savait qu'Elana comprenait la nécessité d'avoir des héritiers même si cela lui brisait le cœur d'avoir des enfants avec un autre homme que son défunt fiancé.

— Nous n'en avons pas discuté depuis des années, reprit-elle. Mais Elana, comme vous l'avez souligné, partage vos motivations. Je suis sûre qu'elle saura s'adapter à vos souhaits.

Elle s'interrompit pour boire une nouvelle gorgée d'eau avant de reprendre.

— Mais je ne m'engagerai pas plus loin sur ce sujet. C'est une discussion que vous devrez avoir tous les deux, si vous êtes décidé à...

— Je suis déterminé à l'épouser, affirma Tariq. La décision lui appartient à présent.

Soudain, Éloise eut le sentiment d'être serrée dans un étau.

— Pourquoi avoir choisi Elana ?

— Nos cultures ont une histoire commune. Cette union a du sens.

— En effet, admit-elle à voix basse.

— En tant que citoyenne anglaise, trouvez-vous désagréable ou gênante l'idée d'un mariage arrangé ?

— Si vous et Elana vous mettez d'accord, ce que je pense a peu d'importance.

— Cependant, cela m'intéresse de le savoir.

Éloise serra plus fort le manche de sa fourchette.

— Et si mon opinion ne vous plaît pas ?

— Cela ne changera rien à la mienne, répondit Tariq.

— Eh bien, Votre Altesse, si voulez vraiment connaître le fond de ma pensée, je trouve rebutante l'idée du mariage, quel qu'il soit.

— Pour quelle raison ?

— Sans doute parce que celui de mes parents a été un désastre.

— Sur quel plan ?

Elle était consciente qu'ils s'engageaient sur un terrain trop personnel et, pourtant, elle décida de poursuivre.

— Ils étaient malheureux ensemble et ne cessaient de se disputer, expliqua-t-elle en se forçant à sourire pour cacher sa tristesse à l'évocation de ces souvenirs. Ils sont restés mariés uniquement pour moi. Pourtant, vous n'imaginez pas le nombre de fois où j'ai prié pour qu'ils se séparent.

— Pourquoi se disputaient-ils ?

— Pour tout et rien, en permanence. Au fond, ils n'étaient pas compatibles. Ma mère était une avocate à l'esprit rigide. Elle était minutieuse et anxieuse. À l'inverse, mon père était un hippie, incapable de trouver un emploi plus d'une semaine de suite. Il buvait trop et vivait dans un désordre complet, même si à l'époque je ne m'en apercevais pas. De toute façon, ils sont morts depuis longtemps, acheva-t-elle en soupirant.

— Je suis désolé.

Elle haussa les épaules.

— C'était très triste, bien entendu, mais j'étais comme engourdie. Ma vie avait toujours ressemblé à des montagnes russes et c'était un coup dur de plus, ajouta-t-elle avant de lever les yeux vers lui. Ce que je dis a-t-il du sens ?

Il acquiesça.

— J'imagine que vous aviez pris l'habitude de verrouiller vos émotions de sorte que vous disposiez déjà d'un mécanisme de défense lorsqu'ils sont morts.

Éloise écarquilla les yeux. Il venait de résumer exactement ce qu'elle avait ressenti.

— Oui, parvint-elle à articuler au bout d'un temps qui lui sembla trop long.

— Et donc, vous avez renoncé au mariage pour ne jamais avoir à vivre la même chose ?

Elle détourna le regard. Soudain, elle se sentait mal à l'aise, exposée par ce sujet qu'elle venait de dévoiler et gênée par ces souvenirs qu'elle tenait généralement enfouis au fond de sa mémoire.

— Ce n’est pas une décision définitive, marmonna-t-elle. Mais ce n’est nullement d’actualité de toute façon.

— Oh ?

— Je ne fréquente personne, précisa-t-elle à voix basse.

— Pourquoi pas ?

— En quoi cela peut-il vous intéresser ?

— Je suis juste curieux.

Elle soupira.

— Je travaille beaucoup.

— En tant que conseillère de la princesse héritière ?

— Oui.

— Sur quels autres sujets la conseillez-vous ?

Éloise hésita. L’économie de Ras Sarat n’était un secret pour personne mais elle se sentait déloyale vis-à-vis d’Elana d’en parler en détail.

— Un large éventail de sujets, répondit-elle prudemment.

— Si la princesse accepte de m’épouser, viendrez-vous vivre ici avec elle ?

Pourquoi cette question lui semblait-elle plus complexe qu’elle n’aurait dû l’être ? Soudain, cet avenir qu’il décrivait lui parut semé d’embûches.

— Je l’ignore. Cela dépendra des souhaits d’Elana.

— Il me semble qu’elle compte beaucoup sur vous. Pourquoi cela changerait-il quand elle se mariera ?

— Eh bien, elle bénéficiera de vos conseillers, Votre Altesse. Et de vous-même.

— Mais elle aura beaucoup à faire pour s’adapter à la vie de Savisia en tant que cheikha. Votre soutien sera sans aucun doute inestimable.

— Dans ce cas, je serai auprès d’elle, admit Éloise en ayant l’étrange sentiment de pactiser avec le diable.

Une petite voix dans sa tête lui murmurait qu’elle devait garder ses distances avec ce scénario et que, même si elle voulait plus que tout aider son amie, ses propres sentiments pourraient entrer en conflit avec cet objectif.

Cela lui déplaisait fortement.

D'aussi loin qu'elle se souvienne, Elana et elle avaient suivi des routes parallèles. Au fond, quels seraient les obstacles à sa présence à Savisia ? Qu'importe l'endroit où elle vivrait, non ? Impossible de répondre à cette question, mais Éloise devinait, intuitivement, que cela *importait*, et elle soupçonnait que l'homme en face d'elle en était la raison.

3

— C'est magnifique ! s'exclama Éloise en regardant le palais avant de se tourner vers Tariq. Êtes-vous certain que je n'abuse pas de votre temps ?

— Ce mariage est de la plus haute importance pour moi, répondit-il. Vous avez toute mon attention pour les sept jours à venir.

Elle écarquilla les yeux comme il l'avait déjà vue faire, et il sentit affluer en lui un désir puissant. Il avait cessé de prétendre qu'il ne reconnaissait pas cette sensation au moment où la jeune femme avait goûté pour la première fois au curry de pois chiches. Elle avait fermé les yeux et entrouvert ses lèvres pleines, laissant échapper un petit soupir de bonheur qui lui avait immédiatement donné envie de l'embrasser. À partir de cet instant, il avait été incapable de se concentrer et avait passé le reste du repas à observer la bouche de la jeune femme, la courbe douce de ses seins et ses mains fines et gracieuses, tant et si bien que, lorsqu'on leur avait servi le café, son sexe était dur comme un roc dans son caleçon. Soulagé de porter une djellaba qui camouflait la preuve de son désir, il avait suggéré une visite du palais afin de rompre cette intimité et recouvrer ses esprits. Seulement, Éloise Ashworth était clairement une passionnée d'histoire. Chaque pièce dans laquelle ils entraient suscitait de sa part un babillage ravi qui ne faisait qu'augmenter le trouble de Tariq.

C'était… inattendu.

Se rappelant qu'il avait derrière lui des mois d'abstinence, il tenta de se rassurer en se disant qu'il pouvait assouvir ses besoins avec une femme dès qu'il le souhaitait. Seulement, cette perspective le laissait froid car la seule femme qu'il arrivait à imaginer dans son lit était Éloise.

Or, il lui était absolument interdit de la toucher. Il avait désespérément besoin de conclure cette union avec la princesse Elana. Sa place légitime sur le trône de Ras Sarat permettrait d'éviter toute contestation future de son propre règne. En réalité, celle-ci ne serait pas fondée sur la loi : techniquement, le fait que Tariq ait été légalement adopté signifiait qu'il se voyait conférer les mêmes droits qu'un enfant biologique, ce qui faisait de lui l'héritier du trône. Mais la théorie n'était pas nécessairement la réalité et il ne pouvait présumer que les habitants de Savisia accepteraient avec joie un étranger comme cheikh sans une garantie supplémentaire ; et seul un mariage avec la princesse de Ras Sarat lui apporterait cette légitimité dont il avait besoin.

Désirer la meilleure amie de sa future épouse le conduirait directement au désastre. Il serra les dents et s'autorisa néanmoins un léger rapprochement pour venir admirer l'une des tapisseries qui ornaient les murs d'un des salons.

— Ma mère aime passer du temps dans cette pièce, expliqua-t-il. Elle apprécie beaucoup ses décorations.

— Moi aussi, murmura Éloise. Ces tapisseries sont magnifiques. De quand datent-elles ? ajouta-t-elle en se tournant vers lui, et ils furent alors si proches qu'ils faillirent se heurter.

Elle entrouvrit les lèvres et il sentit son souffle chaud caresser sa joue.

— Je..., fit-elle dans un murmure.

Il aurait dû dire quelque chose pour atténuer l'embarras de leur situation mais il en était incapable. Il la regarda longuement, savourant les expressions qui s'affichaient sur son visage gracieux et qui lui prouvaient mieux que des mots l'auraient fait qu'elle partageait son trouble.

— Oui ? demanda-t-il en se penchant légèrement vers elle.

Elle ferma brièvement les yeux et il la contempla, fasciné, comme s'il mesurait soudain à quel point elle était belle.

Elle l'avait immédiatement attiré mais il avait suffisamment d'expérience pour savoir qu'il était tout aussi susceptible d'être excité par une femme qui le faisait rire que par une femme qu'il trouvait physiquement désirable. Pourtant, c'était différent avec Éloise. Ses traits exquis et la fragilité envoûtante qu'elle dégageait faisaient naître chez lui un besoin mystérieux de la protéger.

Sans pouvoir s'en empêcher, il prit doucement le menton de la jeune femme entre ses doigts. Dans son regard, il lut un désir intense qui le bouleversa. Elle respirait plus vite. Quoi qu'elle puisse dire, son corps parlait pour elle.

Ce qui, en soit, était un gros problème. Car si le désir de Tariq avait été unilatéral, il serait parvenu à le maîtriser sans peine et n'aurait jamais songé à y donner suite. Savoir qu'Éloise le partageait lui donnait envie d'arracher sa ravissante robe longue et de l'allonger à même le sol pour lui faire l'amour sur le tapis.

Jamais depuis son adolescence ni peut-être même alors, il n'avait ressenti un tel désir. Alors qu'il était maître dans l'art de garder le contrôle, il sentait que la situation pouvait lui échapper à tout moment.

— Votre Altesse..., supplia-t-elle, essoufflée.

Mais l'entendre l'appeler en gémissant par son titre ne fit qu'accroître son excitation.

— Je pense que...

Il attendit qu'elle poursuive en la regardant, percevant la chaleur qui émanait d'eux tandis qu'ils se toisaient, à quelques centimètres l'un de l'autre.

— Vous êtes très belle, murmura-t-il.

Elle ferma les yeux mais resta immobile, dangereusement proche. Levant la main, il fit glisser une mèche de ses épais cheveux bruns derrière son oreille.

— Votre Altesse, lâcha-t-elle dans un soupir, la voix tremblante. Je vous en prie, cessez.

Mais elle prononça ce mot en se penchant en avant de sorte qu'ils se touchèrent et que Tariq eut le sentiment de recevoir une décharge électrique.

— Nous ne pouvons pas, reprit-elle d'une voix faible.

— Non, acquiesça-t-il sans bouger. Nous ne pouvons pas.

Très doucement et sans un mot, il traça lentement du doigt le contour de sa lèvre inférieure. Elle était aussi douce qu'un pétale de rose, ainsi qu'il l'avait imaginé. Elle gémit doucement et lui lança un regard dans lequel il lut le même désir que celui qui le torturait.

— C'est une folie, murmura-t-elle.

Elle avait raison. D'ailleurs, ce désir menaçait de lui faire de perdre la raison.

— J'ai l'intention de l'épouser, affirma-t-il comme pour se rassurer. Et pourtant...

— Votre Altesse, murmura-t-elle d'une voix plaintive.

— Peut-être devriez-vous m'appeler Tariq.

Éloise secoua la tête en s'écartant légèrement. Il baissa sa main pour venir attraper la sienne et entremêler ses doigts aux siens.

— Je ne peux pas, fit-elle. C'est trop... réel.

Il comprit ce qu'elle voulait dire. Tous deux se trouvaient dans une réalité alternative ou du moins adjacente au monde réel mais les frontières étaient bien là.

— Je n'ai jamais rencontré quelqu'un comme vous, dit-elle, et il sentit un pincement au creux de sa poitrine. Je ne ressens généralement pas...

— Que ressentez-vous ?

— N'est-ce pas évident ?

Une vague de désir le frappa comme un coup de poing.

— J'ai envie de vous embrasser, fit-il d'une voix rauque.

Elle gémit avant de se hisser sur la pointe des pieds, sa bouche à quelques centimètres de la sienne.

— C'est si mal...

Elle avait encore raison. Mais c'était aussi inévitable. Peut-être auraient-ils dû s'en rendre compte avant ? Mais ils étaient là et, à présent, rien n'aurait pu les interrompre.

— Voulez-vous que je m'arrête ?

Elle eut un petit sourire.

— Pensez-vous en être capable ?

Une flamme le transperça en entendant l'aveu de son impuissance.

— Non, fit-il avant de plaquer sa bouche sur la sienne en un baiser ardent et passionné.

Elle avait un goût de café et d'amande et il aurait voulu s'enivrer d'elle au maximum. Il glissa une main derrière la tête de la jeune femme pour approfondir son baiser tandis que sa langue s'entremêlait à la sienne et qu'il prenait le contrôle total de sa bouche. Il était si grand par rapport à elle qu'il avait le sentiment de l'envelopper tout entière alors qu'ils se serraient l'un contre l'autre. Les courbes douces d'Éloise se plaquèrent contre lui et il sentit la tension de ses seins écrasés sur son torse. Il grogna légèrement et remonta une main pour venir les caresser fiévreusement. Il n'y avait rien de langoureux dans ses gestes : il la désirait avec une férocité qui en était presque terrifiante.

D'ailleurs, elle lui rendait son baiser avec la même ferveur passionnée, le souffle court, se pressant comme si elle espérait le toucher à travers leurs vêtements.

Il jura et glissa ses mains dans son dos pour soulever le tissu de sa jupe longue jusqu'à la soie de sa culotte avant de l'attirer contre lui pour qu'elle sente son érection puissante. Elle gémit contre sa bouche et se cambra davantage. Il resserra son emprise comme s'il pouvait d'une manière ou d'une autre pénétrer miraculeusement dans sa chaleur humide. N'y tenant plus, il écarta le sous-vêtement en soie pour introduire délicatement un doigt dans le sexe d'Éloise.

Elle cria et bascula la tête en arrière, le visage tendu de plaisir, et il sentit qu'elle resserrait sa prise autour de ses doigts comme pour l'empêcher de s'échapper d'elle. Il crut mourir tellement son désir était fort.

— J'ai envie de toi, souffla-t-il avant de l'embrasser dans le cou en poursuivant sa caresse intime, arrachant des gémissements de plaisir à la jeune femme. Je sais que c'est mal et que nous le regretterons tous les deux, mais tu n'imagines pas à quel point je m'en fiche pour le moment. Dis que tu as envie de moi aussi.

Il n'avait pas besoin d'entendre sa réponse. Il la *sentait*. Il le savait avec chaque cellule de son corps et, pourtant, il voulait qu'elle l'admette, qu'elle prononce ces mots.

Il suivit son crescendo de sensations en la caressant avec précision et il accompagna la vague de plaisir qui la submergea tandis qu'un orgasme violent l'emportait dans un cri. Il sentit les muscles de la jeune femme se contracter entre ses doigts savants à mesure qu'un gémissement plaintif s'échappait de ses lèvres. Il eut soudain l'envie féroce de la posséder comme si cela seulement lui permettrait de sortir de cet état de folie. Mais alors qu'il retirait sa main et s'écartait d'elle pour se déshabiller, elle releva la tête et le regarda comme si elle le découvrait pour la première fois.

— Oh mon Dieu, murmura-t-elle en fermant les yeux et il devina qu'elle prenait seulement conscience de ce qui venait de se produire. Votre Altesse, je suis vraiment... Désolée.

— Pour quelle raison ? fit-il s'approchant à nouveau d'elle, son désir toujours aussi puissant.

— Pour avoir laissé cela se produire. Pour avoir voulu que ça arrive. Pour être restée ici et vous avoir supplié de me faire l'amour...

Elle s'interrompit, le visage très pâle.

— C'est une terrible, terrible erreur, acheva-t-elle d'une voix faible.

— C'est surtout... problématique, répliqua-t-il après avoir cherché le mot qui lui semblait le plus approprié.

— Elana est ma meilleure amie, gémit Éloise. Et je suis venue ici pour voir si vous feriez un bon époux pour elle. Que vais-je lui dire à présent ? Que vous êtes un homme beau et intelligent, capable de séduire la première femme qui passe ?

— Ce n'est pas ce qui est arrivé, dit-il rapidement.

— Oh ! Et, dans ce cas, que vient-il de se passer ?

— Je n'ai pas été avec une femme depuis des mois.

— C'est encore pire ! s'exclama Éloise en oubliant toutes les règles du protocole. Vous auriez couché avec moi, seulement parce que vous étiez frustré de cette abstinence ? Même si je suis la meilleure amie de votre future épouse ?

Tariq plissa les yeux et resta silencieux tandis que son désir laissait place à un grand vide.

— Elle ne l'est pas encore, riposta-t-il. Aucun de nous n'a officiellement accepté cette union pour l'instant.

— Mais vous êtes *décidé* à l'épouser, marmonna-t-elle. Ce qu'elle acceptera, si je le lui recommande. Vous ne comprenez pas ? Elle me fait confiance ! Comment revenir en arrière et lui dire d'épouser quelqu'un que j'ai... si nous avons...

Il comprenait parfaitement. Tout ce qu'elle disait avait du sens, même si cela ne le réjouissait pas de l'admettre.

— Très bien, déclara-t-il, c'était une erreur. Nous ne la commettrons plus.

Une lueur de déception ternit brièvement les yeux de la jeune femme.

— Bien, murmura-t-elle en plissant sa jupe longue avant de s'éloigner de lui. Cela ne doit plus se reproduire, Votre Altesse.

— Dans ce cas, appelez-moi Tariq, fit-il après avoir marqué une pause. Quand vous m'appelez par mon titre, sachez que cela me donne l'envie furieuse de vous arracher votre robe et de vous faire crier de plaisir.

Éloise respira plus vite et il sut que les images qu'il venait de décrire étaient aussi évocatrices pour elle qu'elles l'étaient pour lui.

— C'est noté, souffla-t-elle. Cela ne doit plus se reproduire, Tariq.

Comment ne pas envier le cheikh de Savisia et s'émerveiller de ses prouesses quand, à peine dix minutes après lui avoir fait entrevoir le paradis, Éloise l'observait deviser avec sa mère comme si rien ne s'était produit ?

— J'ai toujours aimé Ras Sarat, murmura la cheikha, ses cheveux grisonnants relevés en un chignon lâche et ses yeux intelligents fixés sur Éloise.

Celle-ci pria pour ne pas rougir, convaincue que son visage dévoilait de façon évidente ce qui venait d'arriver.

Tariq avait insisté pour raccompagner Éloise jusqu'à sa suite, où elle espérait se cacher jusqu'à la fin de sa vie ; seulement, la régente était assise dans l'une des cours qu'ils devaient traverser pour y parvenir. Elle leur avait proposé de partager une tasse de thé en sa compagnie, et Éloise avait compris qu'elle ne pouvait se dérober. Tant pis si elle tremblait, si ses seins la picotaient et si sa respiration était encore haletante.

Elle afficha un sourire forcé et prit place sagement aux côtés de la cheikha en veillant à respecter les leçons d'étiquette dont Elana et elles avaient si souvent plaisanté au cours des dernières années.

— Séjournez-vous souvent à Ras Sarat ? demanda-t-elle poliment à la cheikha.

— Oui. C'est même là que nous avons passé notre lune de miel.

Un air nostalgique traversa le visage de la femme plus âgée, et Éloise se souvint qu'elle avait perdu son époux récemment.

— J'ai été désolée d'apprendre la nouvelle au sujet de Son Altesse, murmura-t-elle, consciente du regard de Tariq rivé sur elle.

Elle avait le sentiment que les yeux du cheikh la brûlaient, s'attardaient sur sa peau, la tourmentaient comme pour lui rappeler les plaisirs qu'ils auraient pu partager.

— C'est une grande perte, dit doucement la cheikha.

— J'en suis certaine.

— Aviez-vous fait sa connaissance ?

— Je n'ai pas eu ce bonheur, Votre Altesse.

— Mon mari était un homme merveilleux, murmura la cheikha avant de se tourner vers Tariq. Et il était très fier de son fils.

Le cœur d'Éloise fit un bond.

— J'en suis sûre, Votre Altesse.

— Vivez-vous à Ras Sarat depuis longtemps, ma chère ?

— Quelques années.

— Et qu'est-ce qui vous a amenée dans cette partie du monde ?

— L'amitié, répondit Éloise. Je peux ajouter le désir de changement et peut-être aussi l'Oum Ali.

La cheikha lui adressa un sourire chaleureux.

— C'est l'un de mes desserts préférés. Attendez de déguster ceux que nous prépare notre chef !

Elle se tourna vers son fils.

— Peux-tu faire en sorte qu'on en serve à Éloise, mon chéri ?

— En avez-vous envie, Éloise ? lui demanda Tariq à voix basse sans la quitter des yeux ni cacher son allusion au double sens de sa question.

Elle le fusilla du regard. Comment pouvait-il prendre cela à la légère ? Elle serra les dents et se força à lui sourire.

— Je ne devrais pas, répondit-elle. Ce n'est pas bon pour moi.

— Parfois, les choses mauvaises sont les meilleures, murmura-t-il.

— Peut-être, mais il ne faut pas en oublier les conséquences, répliqua Éloise en souriant à la cheikha qui ne semblait pas avoir remarqué la tension qui planait entre eux.

— C'est votre choix, déclara Tariq en plongeant son regard pétillant dans le sien.

N'y tenant plus, Éloise se leva d'un bond et se tourna vers la régente.

— Pardonnez-moi, Votre Altesse, j'ai promis à la princesse de lui téléphoner. Permettez-vous que je me retire ?

— Bien sûr, ma chère. Merci d'avoir pris le temps de discuter avec moi. Je suis heureuse d'avoir fait votre connaissance.

Le cœur d'Éloise se serra dans sa poitrine.

— C'est une joie partagée, répondit-elle.

Elle leur tourna le dos et s'éloigna, incapable de regarder Tariq et convaincue que, si elle le faisait, elle risquait d'éclater en sanglots.

— Éloise !

La voix basse et profonde du cheikh retentit dans son dos alors qu'elle franchissait les portes qui menaient à l'intérieur du palais.

Elle enfonça ses ongles dans les paumes de ses mains et resta parfaitement immobile sans se retourner.

— Vous avez oublié cela.

En se penchant légèrement sur le côté, Éloise s'aperçut qu'il lui tendait son sac à main. Elle inclina la tête pour le remercier mais, quand il fut suffisamment proche pour qu'elle seule puisse l'entendre, Tariq murmura doucement :

— Tu me fuis.

Elle écarquilla les yeux et s'échappa, tant qu'elle le pouvait encore, jusqu'à ses appartements.

4

— Tariq ?

Le cœur battant à tout rompre, Éloise dévisagea le cheikh qui venait de frapper à la porte de sa suite.

— Il est presque 21 heures ! ajouta-t-elle.

— Oui, il est tard. J'étais en réunion. Mais comme vous n'avez pas dîné, je viens vous chercher.

— Comment le savez-vous ?

— Je me suis renseigné, répondit-il en haussant les sourcils.

— Pourquoi ?

— Je n'ai pas l'habitude de justifier mes actes devant quiconque à Savisia.

Il avait parlé avec tellement d'arrogance qu'Éloise faillit éclater de rire en l'entendant.

— Et si vous vous y mettiez un peu ?

Il ne répliqua pas mais elle vit passer dans son regard une lueur amusée qui la réjouit. Elle aimait le faire sourire. Elle aimait… Mais un signal de danger retentit dans son esprit et elle serra plus fort la poignée de la porte.

— Vous êtes mon invitée, déclara-t-il. Je nous ai commandé un dîner spécial.

— Tous les deux ? grimaça-t-elle.

— À moins que vous n'ayez peur d'être seule avec moi ?

— Je n'ai pas peur.

— Vous avez tort, murmura-t-il, et une expression triste s'afficha sur son beau visage. Nous jouons avec le feu.

— Je ne joue à rien du tout.

— C'est ce que nous verrons.

— Et même si c'était vrai, n'est-ce pas une raison supplémentaire pour garder nos distances ?

— C'est impossible : j'ai annoncé à nos cabinets respectifs que je passerais la semaine avec vous. Je compte bien tenir ma parole.

— Je comprends... mais cet après-midi...

— Ne change rien, coupa Tariq d'un ton catégorique. Il ne pouvait en être autrement.

— Je sais mais...

— Voulez-vous toujours apprendre à me connaître pour voir si je ferais un bon époux pour Elana ?

Éloise ferma les yeux avec le sentiment d'être prise au piège.

— Oui, finit-elle par admettre à contrecœur.

— Dans ce cas, venez dîner avec moi.

— À vous entendre, cela semble si simple...

— Cela ne l'est-il pas ?

Ça aurait dû l'être. Après tout, ce qu'ils avaient partagé ne signifiait rien dans l'ordre des choses. Le cheikh n'était pas censé savoir qu'elle avait si peu d'expérience avec les hommes. Lui à l'inverse avait de toute évidence une grande connaissance du corps des femmes. Alors pourquoi ne pas tout simplement oublier ce baiser et ce qui avait suivi, pour se concentrer sur la raison qu'il l'avait amenée là ?

— Très bien, admit-elle. Mais ne songez même pas à me toucher.

— Ça, je ne peux vous le promettre, murmura-t-il. En revanche, je ne le *ferai* pas, à moins que vous ne me le demandiez.

Elle entrouvrit les lèvres et gémit doucement.

— Pourquoi faites-vous cela ?

— De quoi parlez-vous ?

— Flirter ainsi avec moi ?

— Je suis simplement honnête.

— Dans ce cas, ne le soyez pas non plus. Du moins, pas à notre sujet. Je ne peux même pas y penser.

— Alors je vous envie.

— Je suis sérieuse, dit-elle en grimaçant. Vous êtes peut-être maître de votre contrôle mais ne croyez pas que je ne vous le ferai pas payer si vous continuez à dire ces choses-là.

En entendant le rire grave de Tariq, elle sentit une vague de chaleur naître entre ses cuisses.

— Si vous m'attaquez, il faudra bien que je me défende.

— Et que feriez-vous ? demanda-t-elle avant de regretter aussitôt sa question.

— Je vous plaquerais contre un mur pour commencer.

— Bon sang, murmura-t-elle tandis qu'un désir brutal s'emparait d'elle à cette pensée.

— Relax, fit-il en souriant. Je ne vous toucherai pas. Je ne flirterai pas avec vous.

Elle se mordilla la lèvre, tentant de refouler la déception coupable qui l'avait gagnée en comprenant qu'il se montrerait raisonnable.

— Très bien. Mais seulement parce que je meurs de faim.

— Je suis flatté.

Éloise fronça les sourcils.

— Je suis sûre que votre ego survivra aux quelques vérités que je peux vous asséner.

Il rit à nouveau et elle ne put réprimer un frisson de désir.

— Votre réaction me fait penser que vous ne vous faites pas assez souvent embrasser de la sorte.

Elle le regarda, stupéfaite.

— Cela ne vous regarde pas !

— Est-ce un sujet problématique ?

— Non ! s'exclama-t-elle en levant les yeux au ciel.

— Donc ?

— Vous voulez vraiment avoir mon CV de baisers ?

— Disons plutôt un aperçu.

— Obtiendrai-je les mêmes informations en retour ?

— Êtes-vous sûre que cela vous plairait ?

Éloise resta songeuse quelques secondes.

— Ce serait négligent de ma part de ne pas vous le demander, finit-elle par déclarer. Après tout, vous avez l'intention d'épouser ma meilleure amie.

— Ma vie sexuelle a-t-elle un impact sur mes aptitudes à être un bon mari ?

— C'est possible.

— Fascinant. Et de quelle manière, je vous prie ?

— Je ne sais pas... À quel point votre vie sexuelle est-elle active ? demanda-t-elle en évitant son regard.

— Actuellement ? Je dirais que, jusqu'à cet après-midi, elle était inexistante.

Elle s'arrêta de marcher et soupira.

— Ce n'est pas juste !

Tariq leva les mains en signe de reddition.

— Vous m'avez demandé de vous dire la vérité !

— Dans ce cas pourriez-vous l'exprimer de façon moins incendiaire s'il vous plaît ?

Il baissa la tête.

— Vos désirs sont des ordres.

Quelque chose se noua dans son ventre. Elle *s'amusait*. Malgré le caractère interdit de ce qu'ils avaient partagé, Éloise ne pouvait nier que ces moments avec Tariq étaient délicieux.

Ils firent halte devant une porte à double battant que deux domestiques ouvrirent sur-le-champ. Éloise entra et contempla ce patio qui était très différent de ceux qu'elle avait vus plus tôt dans la journée. Il disposait d'une magnifique fontaine, ainsi que d'un salon luxueusement aménagé au centre duquel un brasier avait été allumé. Les nuits dans le désert étant fraîches, elle s'approcha des flammes, ravie de pouvoir profiter de leur chaleur.

— La mort de mon père a tout changé pour moi, murmura Tariq à côté d'elle, et elle ferma les yeux pour l'écouter et laisser ses mots s'infiltrer à travers son âme. Je n'ai pas été avec une femme depuis que nous l'avons enterré.

Cinq mois. Elle expira lentement. Voilà pourquoi il avait eu tant de mal à se contrôler avec elle tout à l'heure. Elle était probablement la première femme avec laquelle il se retrouvait seul depuis tout ce temps.

— Vous deviez l'aimer profondément, dit-elle doucement.

— Oui.

— Et avant cela ? ne put-elle s'empêcher de demander, consciente qu'elle ne voulait pas connaître la réponse.

— Pourquoi ai-je le sentiment que vous le savez déjà ?

— Parce que vous êtes un homme intelligent.

— Pourtant, vous voulez que je vous le dise ?

— Oui.

— J'apprécie la compagnie des femmes. C'est quelque chose dont je n'ai jamais manqué.

Elle se tourna vers lui et le trouva plongé dans la contemplation des flammes qui dansaient devant ses yeux sombres.

— Avez-vous déjà été amoureux ?

Il la regarda brièvement avant de fixer à nouveau le brasier.

— Non.

— Pourquoi pas ? fit-elle en fronçant les sourcils.

Il hésita, et elle sentit un poids dans ce silence, une considération pour des pensées qu'il choisissait de ne pas exprimer.

— Je ne puis répondre à cela.

— Parce que vous ne le savez pas ?

— Parce que c'est trop personnel.

Elle fut surprise d'être à ce point blessée par sa remarque. Elle n'avait aucune raison de s'en soucier autant après tout.

— Alors ces femmes dont vous appréciez la compagnie, que sont-elles pour vous ?

Tariq esquissa un sourire avant de répondre.

— J'imagine que vous êtes familière avec le concept d'amante ?

Éloise respira plus vite, à la fois troublée par sa sincérité brutale et délicieusement séduite. Elle frotta ses mains l'une contre l'autre au-dessus du feu pour se réchauffer.

— Je voulais savoir si vous aviez eu de vraies liaisons ou si vous vous étiez contenté de coucher avec elles mais ? après réflexion, je ne pense pas avoir besoin de le savoir. Ce qui m'importe, c'est d'être sûre qu'une fois que vous aurez épousé Elana, vous lui serez fidèle.

Le silence qui planait entre eux était lourd de sens et elle se demanda s'il entendait les battements frénétiques de son cœur.

— Je prends très au sérieux les vœux que je prononce, quels qu'ils soient, dit-il à voix basse avant de s'approcher d'elle. À votre tour maintenant de me résumer votre... comment l'avez-vous appelé déjà ? Ah oui, votre CV de baisers.

Il baissa les yeux vers ses lèvres et elle sut que, si elle était parfaitement honnête avec lui, elle lui avouerait qu'un seul de ces baisers avait vraiment compté. Un baiser qui avait eu le pouvoir de faire basculer la réalité et toutes ses certitudes.

Mais au lieu de cela, elle haussa les épaules et prit un air nonchalant.

— Je n'ai pas vraiment fait le compte.

Toute trace d'humour disparut du visage de Tariq, et l'intensité de son regard la transperça comme une lame.

— Avez-vous déjà été amoureuse ?

Elle chercha une réponse blasée, mais quelque chose dans son regard intelligent, dans les étoiles qui brillaient si fort au-dessus de lui et dans le crépitement des flammes lui donna l'impression que leur conversation se déroulait hors du temps et de l'espace. Elle secoua la tête presque sans s'en rendre compte.

— Vraiment ? insista-t-il, ses yeux rivés aux siens.

— Vous pensez que je mens ?

— Je suis simplement surpris.

— Pour quelle raison ?

— Vous êtes belle et intelligente. Les prétendants doivent se bousculer à votre porte.

— Même si c'était vrai, susciter l'intérêt des hommes n'est pas la même chose que de l'accueillir, ni même de tomber amoureuse.

Elle s'interrompit et détourna le regard.

— Cette conversation est absurde, reprit-elle. Je me suis promis de ne pas laisser cela se reproduire et voilà que vous recommencez. Je ne peux pas faire ça...

Elle voulut s'éloigner de lui mais il lui saisit le poignet et la tira doucement pour qu'elle vienne contre lui. Elle se laissa faire mais les larmes contre lesquelles elle avait lutté toute l'après-midi affleurèrent dangereusement à ses yeux.

— C'est ma meilleure amie, murmura-t-elle en levant sa main pour la presser contre la poitrine de Tariq. Elle est plus que ça. Ma seule famille. Je ne ferais jamais rien qui puisse lui faire du mal.

Les yeux de Tariq plongèrent dans les siens, et Éloise retint son souffle, tremblante de désir mais consciente que leurs âmes se parlaient et concluaient un pacte qui allait au-delà de son plaidoyer et de sa promesse.

— Vous avez raison, dit-il doucement en lâchant sa main avant de reculer d'un pas. Je suis désolé. Votre fidélité est une qualité que j'admire énormément. J'ai eu tort de vous demander de la trahir.

— Pour être honnête, j'ai été plutôt complice, avoua-t-elle, emplie d'un sentiment de honte.

— Je n'aurais pas dû laisser la situation aller aussi loin. Si vous n'étiez pas amies, tout serait différent. Mais vous l'êtes et je comprends.

Il prit sa main et la porta à ses lèvres pour y déposer un doux baiser dénué de promesse. Éloise eut le sentiment que son cœur se brisait mais elle se força à sourire.

— Merci, murmura-t-elle.

— Allons dîner, fit-il en lui lançant un regard brillant d'émotion.

Durant trois jours, le cheikh eut un comportement exemplaire, et Éloise se persuada que c'était pour le mieux. Elle était soulagée qu'il garde une distance respectueuse avec elle. Mais dès qu'elle était seule, Tariq ne quittait pas ses pensées. Elle était hantée par le souvenir de son corps, de ses lèvres sur les siennes, de son goût sur sa langue. Ces rêveries la tenaient éveillée une partie de la nuit si bien que, au quatrième matin, elle était épuisée.

Éloise s'était convaincue qu'elle ne s'impliquerait jamais dans une relation avec quelqu'un. Comment imaginer que le premier homme qui lui fasse tout remettre en question soit précisément celui que comptait épouser sa meilleure amie ? Un rire ironique jaillit en elle, et elle saisit sa tasse de thé. Le mariage de Tariq et Elana serait une pure convenance. Pour la princesse, il s'agissait avant tout de renforcer la position économique et politique chancelante de son pays. Mais qu'en était-il de Tariq ? Pour quelle raison avait-il choisi Elana ? Éloise fronça les sourcils, songeuse.

Pourquoi avait-il si désespérément besoin d'avoir des enfants, *maintenant* ? Il était jeune et viril. Même s'il était le dernier de sa lignée, il avait encore quelques années devant lui avant de devoir y songer sérieusement. Assez de temps pour tomber amoureux d'une femme et l'épouser par amour.

Elle secoua la tête. Elle n'était pas venue pour ça.

Son travail consistait à déterminer si elle pouvait recommander ou non cette union. Elle repensa à ce qu'elle savait sur Tariq avant son arrivée et à tout ce qu'elle avait appris depuis, et elle ressentit un pincement au cœur.

La réputation du cheikh était fondée. Respecté, aimé et admiré à l'unanimité, il ne semblait pas avoir le moindre ennemi. Et puis, comment ne pas reconnaître ses nombreux charmes personnels ?

Elana ne serait probablement jamais amoureuse de lui – son cœur était voué pour toujours à son défunt fiancé – mais elle apprécierait Tariq et serait heureuse d'être son épouse.

Ils étaient définitivement compatibles.

Éloise soupira, le cœur serré. Elle devait se concentrer sur Elana, pas sur ses propres désirs égoïstes et stupides. Ni sur son fantasme dans lequel Tariq était un homme normal qui n'avait pas demandé sa meilleure amie en mariage.

Elle gémit, s'efforçant de chasser de son esprit ces pensées inappropriées. En vain. Aussi, en fin de journée, elle opta pour une promenade afin de se changer les idées.

Le palais était plus magnifique que tout ce qu'il lui avait été donné de voir dans sa vie. Ce n'était pas seulement lié à sa structure grandiose mais au fait qu'il avait été conçu pour tirer le meilleur parti de ce que la nature avait à donner. D'un côté, de grandes fenêtres incurvées offraient des vues saisissantes sur le désert dont l'immensité vous faisait vous sentir à la fois insignifiant et vivant. De l'autre, on pouvait contempler le scintillement de l'océan ainsi que l'architecture ultramoderne de la capitale, avec ses gratte-ciel de verre et d'acier qui coupaient comme des lames le ciel sans nuages. Le palais était entouré de jardins verdoyants et luxuriants, témoignage d'une aquaculture savante qui, grâce au détournement d'une rivière en amont, fournissait toute l'année une irrigation aux pelouses immaculées. Les arbres de la région, genévriers, dattiers et figuiers étaient forts et robustes et, en les contemplant, Éloise songea au cheikh de Savisia. Le cœur battant, elle s'immobilisa devant l'un d'eux, tandis que la vérité s'imposait à elle dans toute sa clarté.

Tariq appartenait entièrement à cette terre. Elle faisait partie de lui et lui d'elle. Il avait proposé ce mariage car il était de son devoir de le faire. Il épouserait Elana parce que cela avait un sens.

Éloise se remit à marcher et se dirigea vers les larges portes qui menaient à l'une des cours qui entouraient le palais. Ses explorations des jours précédents lui avaient montré que c'était le chemin à suivre pour accéder aux jardins. Le crépuscule teintait le ciel de mauve et d'or tandis que les étoiles commençaient à poindre et que les oiseaux du désert entonnaient leurs chants nocturnes. Éloise inhala le parfum des jardins, si familier et pourtant différent de celui de Ras Sarat.

Elle traversa la roseraie et poursuivit sa promenade dans un verger d'agrumes. Les arbres étaient éclatants de santé, leur lourd feuillage et leurs fleurs, délicieusement parfumés. Comme il serait bon, l'hiver prochain, de goûter une de ces oranges gorgées de soleil. Éloise se prit soudain à imaginer qu'elle portait un quartier juteux à ses lèvres et que Tariq lui attrapait le poignet pour venir sucer un à un ses doigts collants au parfum d'agrume, les yeux rivés sur les siens.

Elle soupira et chassa cette pensée scandaleuse.

Hélas, au même moment, elle entendit un martèlement de sabots, et Tariq surgit au loin, montant un magnifique étalon noir à la crinière tressée et aux muscles puissants.

Fascinée, elle le regarda passer au galop dans le champ qui bordait le verger. Assis bien droit sur sa monture, sa silhouette était reconnaissable entre mille. Il chevauchait comme s'il ne faisait qu'un avec sa monture. Éloise porta la main à ses lèvres, sachant que cette image sensuelle et fascinante resterait gravée dans sa mémoire pour le restant de ses jours.

Elle gémit doucement. Comme s'il l'avait entendue, Tariq tourna la tête dans sa direction et l'aperçut immédiatement. Éloise se figea, la main plaquée contre sa bouche et le cœur battant à tout rompre dans sa poitrine.

Soudain, elle eut le sentiment que tout brillait autour d'elle. L'horizon, le ciel, la crinière du cheval, mais aussi chaque cellule de son propre corps frémissant.

Sans hésiter une seconde, le cheikh tira sur les rênes et l'animal répondit instantanément, changeant de cap pour entrer dans le bosquet d'agrumes et se frayer un chemin direct jusqu'à elle.

5

Incapable de bouger, Éloise tenta désespérément de rassembler ses pensées. Elle était là pour servir son amie. Pas pour assouvir ses désirs égoïstes. Seulement, elle avait peu vu Tariq les deux derniers jours et, soudain, cela lui semblait aussi important que l'air qu'elle respirait.

— Éloise, fit-il d'un ton presque brutal en inclinant la tête.

Le cheval souffla par les naseaux avant de l'examiner attentivement, et elle ne put réprimer un sourire. L'animal était vraiment à l'image de son maître.

— Votre Altesse.

Les yeux du cheikh s'étrécirent, et elle se rappela alors qu'il l'avait mise en garde contre l'utilisation de ce titre. Elle pensa plus précisément à ce que cela lui donnait envie de faire et une vague de chaleur s'empara d'elle.

— J'explorais le jardin, reprit-elle pour cacher son trouble. La soirée est si douce. Votre cheval est très joli, ajouta-t-elle pour combler le silence qui s'étirait entre eux.

— Je ne pense pas que Bahira apprécierait cet adjectif.

— Il n'est pas assez viril à son goût ? répliqua-t-elle en esquissant un sourire.

— Exactement.

— Alors, magnifique, puissant, remarquable ?

— Coriace, suggéra Tariq d'un ton amusé.

— En tout cas, il est charmant, fit-elle.

Cette fois, le cheikh se contenta de lever un sourcil et de grimacer. Le cœur d'Éloise s'emballa dans sa poitrine.

— Quoi qu'il en soit, reprit-elle vivement en reculant d'un pas. Je ne veux pas vous retenir...

Elle vit passer une lueur ironique dans son regard, et pourtant elle ne bougea pas d'un millimètre.

— Est-ce que vous... montez souvent ?

Pourquoi avait-elle posé cette question ? On aurait dit une adolescente énamourée...

— Oui.

Elle recula encore d'un pas. Il fallait vraiment qu'elle parte.

— La princesse fait-elle de l'équitation ?

Heureusement qu'il avait évoqué Elana. Cela aida Éloise à reprendre ses esprits.

— Elle sait monter à cheval mais ce n'est pas son passe-temps favori.

— Oh ?

— Elle a fait une mauvaise chute, enfant, qui l'a un peu traumatisée, et depuis elle ne monte que rarement.

— Et vous ? demanda Tariq en la fixant de ses yeux brûlants.

Elle déglutit, la gorge soudain sèche.

— Je... Non.

— Vous n'êtes jamais montée sur un cheval ?

Elle secoua négativement la tête.

— Comment est-ce possible ?

— J'ai grandi en Angleterre, expliqua-t-elle en grimaçant.

— La dernière fois que j'ai vérifié, il y avait des chevaux là-bas.

Éloise ne put réprimer un petit rire.

— Bien sûr, fit-elle, mais pas pour les gens comme moi.

— Comment ça ?

— Mes parents n'étaient pas fortunés. Ils étaient nobles mais, comme tant d'autres, le coût élevé des impôts et l'entretien des grandes maisons de campagne les ont poussés à s'endetter, Votre Alt... Tariq.

Maintenant, le fait de prononcer son nom lui faisait l'effet d'une caresse. Tout ce dont elle se souvenait, c'est qu'elle l'avait murmuré contre sa bouche, le suppliant de la posséder, de la pénétrer. L'espace d'un instant, Éloise fut incapable de penser et elle dut se concentrer pour retrouver le fil de leur discussion.

— L'équitation est un passe-temps onéreux.

— Vous avez pourtant fréquenté des écoles prestigieuses.

— C'est vrai, admit-elle. Après la mort de mes parents, je suis allée vivre chez une grand-tante. Elle n'était pas riche non plus mais j'ai obtenu une bourse qui m'a permis d'en payer les frais.

Elle leva timidement la main, se demandant si Bahira l'autoriserait à lui tapoter le nez, et les mains de Tariq se resserrèrent autour des rênes pour s'assurer que l'étalon reste immobile.

— Hélas, il ne restait pas assez d'argent pour l'entretien d'un cheval, reprit-elle en plaisantant. De plus, quand j'ai appris qu'Elana avait été maltraitée par les sabots de l'un d'eux, je me suis convaincue que cette discipline n'était pas pour moi.

— Vraiment ?

Elle acquiesça.

— Avez-vous peur, Éloise ?

Elle entrouvrit les lèvres et ne put réprimer un frisson face au défi qu'il lui lançait. Il jouait avec elle, elle le savait mais elle ne pouvait s'empêcher de mordre à l'hameçon.

— Je tiens encore un peu à la vie, dit-elle en reculant d'un pas.

— Me faites-vous confiance ?

Sa gorge se noua tandis que son cœur battait la chamade dans sa poitrine. Elle repoussa une mèche de cheveux qui était tombée devant ses yeux et elle le dévisagea.

— Je ne fais confiance à personne.

— Me faites-vous confiance, *à moi* ? répéta-t-il.

— Pourquoi ?

Il plissa les yeux.

— Ce n'est pas une réponse.

— Que voulez-vous que je vous dise ? Je ne monterai pas sur n'importe quel cheval stupide !

— Je croyais qu'il était magnifique, remarquable, charmant ? répliqua-t-il en haussant les sourcils, et elle se sentit fondre comme neige au soleil.

— Il est surtout gigantesque, protesta-t-elle faiblement. Et s'il semble satisfait de vous avoir sur son dos, je ne pense pas qu'il en serait de même si c'était moi.

— Je n'ai jamais dit que vous monteriez seule.

Elle cessa de respirer et secoua la tête.

— Je ne peux pas monter à cheval avec vous.

— Pourquoi pas ?

— Vous le savez très bien...

— Je vous propose une promenade à cheval, pas de vous faire l'amour à l'ombre d'un de ces orangers.

Une vague de chaleur la frappa comme un coup de poing à l'évocation de cette image brûlante.

— J'ai appris quelque chose concernant nos peurs, reprit Tariq en descendant souplement de sa monture pour s'approcher d'Éloise. Le sentiment de les surmonter n'est comparable à aucun autre.

Elle contempla son beau visage confiant et, soudain, elle eut l'impression de basculer. Avait-elle confiance en lui ? Oui. Mais en elle, c'était moins sûr. En revanche, elle était certaine d'une chose : même si cet homme allait épouser sa meilleure amie, il leur restait ces quelques jours. Des moments qu'elle pourrait passer en sa compagnie sans franchir à nouveau les limites de la bienséance. Le temps d'emmagasiner des souvenirs qui la nourriraient pour les années à venir.

Ce n'était pas comme si elle se rapprochait d'un homme dont Elana espérait tomber follement amoureuse. D'ailleurs, si cette dernière avait été là, elle aurait été la première à dire à Éloise de se laisser un peu aller.

Si elle refusait, elle le regretterait toute sa vie. Elle le savait.

Déchirée entre sa loyauté et son besoin désespéré de saisir ce bonheur, elle regarda Tariq en silence.

— Je vous promets qu'il n'en résultera rien de mal.

Elle laissa échapper un rire tremblant.

— Ce n'est pas le cheval qui m'inquiète.

— Il ne se passera rien entre nous, murmura-t-il, si proche d'elle qu'elle sentit son souffle tiède caresser sa joue. Vous avez ma parole.

Elle expira lentement.

— D'accord, fit-elle d'une petite voix. Mais... que dois-je faire exactement ? ajouta-t-elle en désignant l'étalon qui, elle ne le remarquait que maintenant, n'avait ni selle, ni étriers.

— Puis-je ? demanda-t-il en s'approchant d'elle.

Elle acquiesça en tremblant.

Les mains chaudes et puissantes de Tariq enserrèrent sa taille et la soulevèrent comme une plume pour la poser sur la base de l'encolure du magnifique étalon, qui ne bougea pas d'un pouce. Quelques secondes plus tard, elle sentit la présence puissante du cheikh dans son dos. Ses bras l'entourèrent pour resserrer sa prise sur les rênes. Son visage était si proche de l'arrière de sa tête que, lorsqu'il parlait, Éloise avait le sentiment qu'il la caressait de ses mots.

— Vous êtes prête ?

Non. Elle était aussi terrifiée que si elle avait été face aux flammes de l'enfer. Mais le désir qu'elle éprouvait pour Tariq lui donnait envie d'abandonner toute prudence et de se jeter dans ses bras pour l'embrasser. De fouiller sa bouche comme il l'avait fait avec elle et de laisser son corps répondre à ce besoin inouï qu'elle avait ressenti dès le premier instant de leur rencontre. Elle hocha lentement la tête.

— Alors allons-y.

Il donna un coup de pied dans les flancs de l'animal qui bondit au triple galop à travers le verger. Il fallut plusieurs minutes à Éloise pour qu'elle puisse retrouver son souffle. Elle n'avait plus peur. Au contraire, elle était exaltée mais elle avait aussi conscience du moindre mouvement de Tariq. La façon dont il tenait fermement les rênes pour contrôler son cheval, la tension de ses jambes contre les siennes et la présence de son torse dans son dos, qui formait une armure qui la gardait en sécurité. Il la protégeait.

Personne ne l'avait jamais protégée de sa vie. Même ses parents n'avaient pas pris soin d'elle. Comment ne pas être bouleversée par la présence grisante de cet homme qui la gardait contre lui en s'assurant qu'aucun mal ne lui serait fait ?

En un rien de temps, l'herbe céda la place au sable doré du désert. Le cheval avançait plus vite maintenant, comme s'il avait une destination en tête et qu'il voulait y arriver le plus tôt possible.

Éloise frissonna. Peut-être Tariq prit-il cela pour de la peur car il lâcha l'un des rênes pour plaquer une main contre son ventre et la maintenir plus stable contre lui, ce qui ne fit qu'accroître son trouble.

Elle se mordit la lèvre et concentra son attention droit devant elle.

Les dunes s'étendaient à perte de vue. Éloise n'aurait su dire combien de temps ils chevauchèrent ainsi avant qu'un affleurement rocheux se dresse devant eux et que l'étalon ralentisse. Il faisait presque nuit à présent. Les étoiles étaient brillantes, et le ciel, d'un gris translucide se confondait avec les rochers.

Éloise perçut le bruit d'une cascade d'eau.

— Où sommes-nous ? murmura-t-elle.

Tariq relâcha son emprise pour sauter du cheval d'un mouvement souple. Puis, il la prit dans ses bras pour la faire descendre à son tour.

— Je venais souvent ici quand j'étais enfant, déclara-t-il.

— Tout seul ?

— Non, pas au début, dit Tariq en tournant ses yeux vers elle. Mon père m'accompagnait.

Il s'interrompit et un silence pesant s'installa entre eux. Éloise devina qu'il ne disait pas tout mais, soucieuse de ne pas le brusquer, elle patienta sans un mot.

— Quand j'étais jeune, j'avais des terreurs nocturnes, murmura-t-il enfin. Des cauchemars qui me réveillaient en pleine nuit. Je hurlais de toutes mes forces. Venir ici était la seule chose qui m'apaisait.

Éloise leva les yeux vers le cheikh sans cacher sa surprise.

— Je ne vous imagine pas craindre quoi que ce soit.

— Tout le monde a des peurs, répliqua-t-il en désignant de la main les rochers devant eux.

Elle se souvint de ce qu'il avait lui dit quelques instants plus tôt. *J'ai appris quelque chose concernant nos peurs. Le sentiment de les surmonter n'est comparable à aucun autre.*

Éloise lança un regard à l'étalon.

— Faut-il l'attacher ?

— Il m'attendra ici.

— Vous êtes si confiant...

— Évidemment, répliqua Tariq en haussant les épaules.

— C'est juste que nous sommes loin du palais. S'il se sauve, je n'ai pas très envie de passer la nuit ici.

— C'est un endroit agréable pour dormir. Il m'arrive d'y camper.

— Comment est-ce possible ?

Il lui lança un regard amusé.

— Eh bien, il y a une natte sur le sol et...

— Je veux dire, comment faites-vous pour quitter le palais sans garde ? coupa-t-elle en levant les yeux au ciel. Elana est toujours accompagnée d'une escorte.

Il hocha la tête d'un air pensif.

— Et elle sera également ici.

— Mais vous, non ?

— Je suppose que notre capacité à nous défendre n'est pas équivalente.

— Vous la croyez faible ?

— Non. Mais elle est davantage vulnérable face aux attaques. Et en tant qu'époux, il sera de mon devoir de veiller à sa sécurité.

Éloise ignora le frisson qui la parcourut.

— Et vous-même n'avez pas besoin de protection ?

— J'ai conclu un pacte avec mon service de sécurité.

— C'est-à-dire ?

— Ils savent où je me trouve. Si je viens ici, j'emporte ceci avec moi, ajouta-t-il en sortant de sa poche une petite balise. Il suffit que j'appuie sur ce bouton pour qu'ils arrivent. C'est notre compromis.

Éloise esquissa un sourire.

— Vous n'approuvez pas ? demanda-t-il.

— Je ne sais pas, Votre Altesse. Mais je veux bien croire qu'il soit pénible d'être escorté en permanence.

— Votre amie s'en plaint-elle ?

— Elana ? répondit-elle avec un sourire attendri. Jamais. C'est la personne la plus tolérante qui soit. Je ne crois pas l'avoir entendue se plaindre depuis que je la connais.

Les yeux de Tariq plongèrent dans les siens pendant si longtemps qu'Éloise détourna le regard pour contempler le ciel étoilé.

— Ça doit être si paisible de passer la nuit ici...

— Ne me dites pas que vous n'avez jamais dormi à la belle étoile ?

Elle secoua la tête.

— Quels étaient vos cauchemars ? demanda-t-elle pour changer de sujet.

Il marqua une pause.

— Rien de précis. C'était plus une impression.

— Laquelle ?

— Celle de me noyer ou bien d'être brûlé vif sans pouvoir me sauver.

Éloise frissonna.

— C'est affreux.

Il hocha la tête en silence.

— Est-ce que vous faites toujours ces rêves ?

— Cela m'arrive encore de temps en temps. Mais c'est rare.

— Sont-ils le résultat d'un... traumatisme quelconque ?

Elle sentit que Tariq s'éloignait, désireux de mettre fin à son interrogatoire et c'est donc sans surprise qu'elle le vit lever la main pour désigner quelque chose.

— Regardez.

Avec un soupir de frustration, car elle aurait aimé en savoir plus, Éloise suivit la direction de son doigt et sursauta. Des petits points brillaient à une centaine de mètres d'eux. Phosphorescents mais d'une couleur turquoise telle qu'elle n'en avait jamais vu.

— Qu'est-ce que c'est ? demanda-t-elle, fascinée.

— Une variété d'algues.

Elle fronça les sourcils.

— J'ai toujours trouvé les algues un peu dégoûtantes, avoua-t-elle.

Tariq éclata d'un rire doux et grave qui la fit frémir.

— C'est magnifique, fit-il en l'invitant à la suivre jusqu'au bord du ruisseau. Certaines proliférations d'algues sont nocives, mais celle-ci est le résultat d'une réaction naturelle qui se produit chaque année.

— Je n'arrive pas à croire que ce soit réel, murmura Éloise. On dirait un conte de fées. D'ailleurs, tout me semble un peu magique dans ce pays.

Mais pourquoi diable avait-elle fait cet aveu ?

— Oh ? Et qu'avez-vous trouvé d'autre de magique, mon ange ?

Mon ange. Ces mots lui transpercèrent le cœur. Pour se donner du courage, Éloise énuméra en pensée les raisons pour lesquelles elle ne pouvait céder à la tentation.

— Le palais, les jardins, le temps. Le parfum des fleurs dans les airs. Le chant des oiseaux.

À l'instant où elle achevait sa phrase, un oiseau de nuit émit un chant si léger et éthéré que les étoiles semblèrent scintiller davantage en guise de réponse.

— Vous avez beaucoup de chance d'être né sur cette terre, murmura-t-elle.

Tariq resta silencieux.

— Vous n'êtes pas d'accord avec moi ? finit-elle par demander.

— J'aime profondément ce pays.

Éloise fronça les sourcils, interpellée par sa réponse. Manifestement, Tariq lui cachait un secret qui pesait lourdement sur son esprit. Pour quelle raison ? Était-ce parce qu'il comptait épouser sa meilleure amie ou bien parce qu'elle avait l'impression qu'il s'était créé entre eux un lien qui exigeait une honnêteté et une transparence totales ?

— Il y a tant d'autres lieux à voir ici, déclara-t-il.

Éloise reporta son attention sur le visage du cheikh.

— J'espère avoir la chance de les découvrir un jour, fit-elle d'une voix légèrement triste. Si le mariage a lieu.

Soudain, l'air entre eux sembla crépiter.

— Vous comptez donc recommander cette union ? interrogea Tariq d'une voix grave.

— Je ne saurais répondre avant la fin des négociations, répondit Éloise, le cœur battant. Je dois prendre en compte l'ensemble des considérations pour pouvoir donner un avis complet.

— Vous pensez que les termes de nos accords financiers comptent autant que le bonheur de votre amie et ma compatibilité avec elle ?

Elle marqua une pause.

— Elana vous ressemble beaucoup, finit-elle par murmurer. Elle veut avant tout faire ce qu'il y a de mieux pour son pays et son peuple.

— Et le mariage est une puissante monnaie d'échange, ajouta Tariq. Après tout, c'est moi qui l'ai approchée. Elle ne doit donc pas douter de ma motivation et tirer parti de mon intérêt pour améliorer la situation de son pays.

Éloise resta silencieuse, le cœur serré face à cette conversation douloureuse mais nécessaire.

— Je sais que votre économie est presque en faillite. À l'inverse, Savisia est riche et prospère. Un mariage entre nos familles profiterait à Ras Sarat. Est-ce cela que la princesse a en tête ?

Éloise le dévisagea, les lèvres entrouvertes. Elle n'aurait pas dû être aussi surprise par son résumé de la situation. Il était intelligent et bien renseigné, et pourtant elle était fascinée par sa perspicacité. Elle prit un instant avant de répondre, choisissant ses mots avec soin.

— Vous semblez avoir cerné les motivations d'Elana, mais qu'en est-il des vôtres ?

Tariq demeura silencieux et elle contempla son torse puissant qui se soulevait à chacune de ses respirations.

— N'importe quelle femme de votre entourage pourrait vous donner des enfants. Pourquoi Elana ?

— Elle est née pour mener cette vie.

— Pourquoi est-ce si essentiel ? insista Éloise. Votre mère n'était pas une princesse lorsqu'elle a épousé votre père.

— Vous avez raison, admit-il. Ma mère n'était pas de sang royal.

— Alors pourquoi vous sentez-vous obligé d'épouser une princesse ?

— Essayez-vous de m'inciter à reconsidérer ma décision ?

— Je...

Elle s'interrompit, prise au dépourvu. N'était-ce pas exactement ce qu'elle venait de faire, sans s'en rendre compte ?

— Est-ce parce que vous doutez que je puisse rendre votre amie heureuse ou parce que vous savez que ce mariage *vous* rendra malheureuse ? ajouta-t-il sans la quitter des yeux.

C'était dangereux. Et trop proche de la réalité. Soudain, Éloise eut l'impression que le sol se dérobait sous ses pieds.

— Ne soyez pas ridicule, protesta-t-elle d'une voix faible. Cela n'a rien à voir avec moi.

Elle n'était pas certaine qu'il la croie mais il resta silencieux un long moment, ses yeux plongés dans les siens et dans ce fragment d'éternité. Éloise eut alors le sentiment que son âme était mise à nu.

— Nous devrions rentrer au palais, dit-elle en détournant le regard.

— Pourquoi ?

— Parce qu'il est tard.

— Ou est-ce parce que vous ne voulez pas poursuivre cette conversation ?

Bon sang de bonsoir, qu'il soit maudit ! Elle croisa les bras sur sa poitrine, le souffle court.

— Je veux que mon amie soit heureuse. Je veux que ce soit simple. Je veux...

Elle s'interrompit, ayant trop à dire sans pouvoir l'admettre.

Mais même sans avoir été prononcés, les mots bourdonnaient

entre eux comme des petits éclairs de désir, d'images et de souvenirs mêlés. L'un d'eux – celui de leurs bouches collées l'une à l'autre – s'imposa à elle avec tant de précision qu'elle tressaillit.

— Vous avez raison, dit brusquement Tariq, nous devrions rentrer.

Il se retourna et elle n'eut d'autre choix que de le suivre. Ils marchèrent en silence jusqu'à Bahira et, lorsqu'il la souleva pour la déposer sur le dos du cheval, elle faillit éclater en sanglots tellement elle avait envie que ses mains la retiennent plus longtemps.

Me faites-vous confiance ?

Il lui avait prouvé qu'il en était largement digne et que, même s'il voulait agir selon son désir, il ne le ferait pas. C'était impossible. Interdit.

— Tiens bon, mon ange, lui murmura-t-il au creux de l'oreille en passant une main autour de sa taille. Nous allons revenir en volant.

Et sur ces mots, il poussa son cheval au triple galop pour réduire la distance qui les séparait du palais et mettre fin à ce supplice.

Tariq avait voulu les ramener au palais le plus vite possible. Une fois la flamme allumée entre eux, il avait su que ce ne serait qu'une question de temps avant que l'un d'eux ne passe à l'acte. Il avait eu peur d'être celui qui céderait le premier et ne plus être digne de la confiance qu'elle lui avait accordée.

Hélas, la cadence rapide de Bahira n'éteignit pas le feu qui le tourmentait. À chacune des foulées du cheval, le corps d'Éloise se plaquait contre le sien et il sentait le doux poids de ses seins ronds peser contre son bras. Comme il aurait été facile de glisser une main entre ses jambes et la faire mourir de plaisir pendant qu'ils chevauchaient. Lui montrer qu'il n'y avait pas de limites aux délices qu'ils pourraient partager.

Mais cela aurait mal…

Son premier réflexe – garder une distance avec elle – avait été le bon. Il ne devait plus se tenir si près d'Éloise s'il voulait lui résister. Chaque seconde passée à ses côtés était une torture.

Enfin, le sable céda la place à l'herbe, et le cheval retrouva son terrain familier, trottinant tranquillement en direction des écuries sans avoir besoin d'être guidé. Mais avant qu'ils ne parviennent dans l'enceinte du palais, Tariq arrêta sa monture.

S'il était cheikh et que personne n'osait colporter des commérages à son sujet, il n'en était pas de même de la ravissante étrangère qui l'accompagnait. Afin d'éviter qu'elle ne soit l'objet de ragots désagréables, il sauta donc de cheval. Mais avant qu'il n'ait eu le temps de réagir, Éloise fit passer une de ses jambes par-dessus le dos de Bahira pour descendre à son tour. L'étalon était bien trop haut, et Tariq se précipita pour la rattraper avant qu'elle ne se blesse en tombant. Elle se retrouva dans ses bras.

— Laissez-moi partir ! s'écria-t-elle d'une voix paniquée et il comprit que la situation risquait de leur échapper.

— Vous auriez dû m'attendre.

— Je vais bien, dit-elle en tremblant et il ne sut si c'était par peur du drame évité ou à cause de la passion qui les animait.

— Vraiment ?

Elle leva les yeux vers lui, et il eut le sentiment que son univers basculait. Cela ne pouvait pas arriver. Il ne devait pas céder. C'est Éloise qu'il devait protéger, car elle se retrouverait dans une position difficile si quelque chose se produisait entre eux.

Alors pourquoi la fixait-il sans pouvoir détacher ses yeux des siens ?

— Je suis heureuse que vous m'ayez montré cet endroit, murmura-t-elle. Elana adorera le voir de ses propres yeux un jour.

La référence à sa future épouse fit naître en lui une bouffée de colère. Au diable l'honneur. Il ne rêvait que d'une chose, envoyer promener ses devoirs et n'être plus qu'un homme comme les autres, libre de s'abandonner à son désir.

Car ce n'était que du désir.

Puissant, certes, mais rien de plus qu'un besoin physique. En l'assouvissant, peut-être pourraient-ils ensuite retourner à leur vie normale ?

Mais pour Éloise, ce serait impossible. Comment l'imaginer rentrer à Ras Sarat et recommander ce mariage à son amie, une fois qu'elle aurait couché avec lui ?

Et de son côté, même s'il semblait évident que la princesse et lui étaient d'accord sur la nature de leur mariage, Tariq était trop intègre pour lui être infidèle un jour.

Éloise serait à jamais hors de sa portée.

La seule solution consistait à mettre entre eux le plus de distance possible entre-temps, très rapidement.

— Rentre Éloise. Pour l'amour de Dieu, pars ! Tout de suite !

Un petit sanglot s'échappa de la poitrine de la jeune femme mais, très vite, elle tourna le dos à Tariq et courut jusqu'au palais. Hors de sa vue, mais hélas, pas de son esprit.

6

Ce fut plus tard dans la nuit, alors qu'il aurait dû dormir profondément, qu'une idée prit forme peu à peu dans l'esprit de Tariq. Une idée qu'il aurait mieux fait d'oublier mais qui, d'absurde au départ, passa de plausible à impérieuse.

Il emmènerait Éloise voir Ala Shathi. La ville de l'Est était magnifique, mais c'est surtout la chaîne de montagnes qui l'entourait que Tariq voulait plus particulièrement qu'elle voie. Les vallées aux eaux cristallines, couvertes d'une végétation sauvage avaient longtemps été un havre au sein duquel il aimait se réfugier pour apaiser ses tourments.

Même avant d'avoir appris la vérité au sujet de sa naissance, Tariq avait été attiré par la beauté d'Ala Shathi. C'est là qu'il retrouvait le mieux sa simple qualité d'homme. Libéré de ses devoirs royaux et du sentiment de porter sur ses épaules les attentes d'un pays.

Quel meilleur endroit pour emmener cette femme qui ne pouvait en aucun cas s'intégrer dans son monde et qu'il ne parvenait cependant pas à chasser de son esprit ?

Il ne s'agissait pas de la séduire mais de lui montrer les beautés de l'Orient, sans craindre d'être vu ou jugé et en se délestant des contraintes liées à leur situation.

Au fond, il avait simplement envie d'être seul avec elle. Juste pour un moment. Pas pour la toucher mais pour lui parler, l'écouter, en savoir davantage sur ce qui la faisait vibrer, mieux la comprendre.

C'était un fantasme : Éloise lui était interdite, il ne l'oublierait pas. Mais le temps d'une ou deux nuits, il voulait être égoïste. Après, il reprendrait sa vie avec un objectif prioritaire : se marier et avoir un héritier.

Il fronça les sourcils. Cette perspective lui semblait pour l'heure inatteignable. Il était conscient qu'elle était essentielle pour son pays et l'héritage de son père, mais il n'était pas encore prêt à l'endosser.

Il avait d'abord une affaire à régler.

— Je vous demande pardon ?

— L'itinéraire a été prévu par Son Altesse, répéta lentement la femme en articulant chaque syllabe comme si Éloise était malentendante. Suivez-moi, je vous prie.

— Mais où avez-vous dit que nous allions ?

— Visiter les provinces de l'Est.

— Mais enfin pourquoi ?

La domestique lui adressa un sourire figé.

— Je l'ignore, madame. Veuillez me suivre, je vous prie.

Inutile de discuter davantage. Éloise attrapa son sac à main et sortit de sa chambre sur les pas de la domestique. Quelques minutes plus tard, les deux femmes débouchèrent sur une allée, et Éloise vit Tariq sortir d'un 4x4 noir étincelant aux vitres teintées. Son cœur bondit aussitôt dans sa poitrine.

— Votre Altesse, murmura-t-elle, désespérée de les placer dans un registre plus formel mais elle vit briller une flamme dans le regard qu'il lui lança qui ne fit qu'accentuer son trouble.

— Mademoiselle Ashworth, par ici je vous prie.

Il adressa un signe à la voiture et, aussitôt, un chauffeur en sortit pour venir ouvrir la portière à Éloise.

Celle-ci prit place sans un mot sur la banquette et elle attacha sa ceinture de sécurité. Quand le cheikh vint se glisser à ses côtés, elle détourna le regard pour camoufler son trouble.

Les sièges avant étaient occupés par deux hommes. Le chauffeur et, à en juger par sa stature, un garde du corps. Dieu merci, ils ne seraient pas seuls dans le véhicule. Mais quelques instants plus tard, Tariq pressa sur un bouton et un écran teinté coulissa pour les isoler.

— Où allons-nous, Votre Altesse ?

— N'avez-vous pas été informée ?

— On m'a seulement dit que nous partions « vers l'est », répliqua Éloise d'une voix soucieuse.

Il plissa les yeux avant de répondre.

— C'est une très belle région. J'ai pensé que vous aimeriez la découvrir.

— Tariq, murmura-t-elle tandis que le moteur vrombissait. C'est...

Il pencha son visage vers le sien, parcourant ses traits du regard, avec une expression qu'elle ne parvint à déchiffrer.

— Tout va bien, Éloise, fit-il. J'ai un rendez-vous là-bas et j'ai pensé que cela vous plairait de m'accompagner. Je suis sûr que vous aimerez cet endroit. De plus, cela vous donnera l'occasion de mieux me connaître. N'est-ce pas pour cette raison que vous êtes venue à Savisia ?

À l'entendre, tout cela était logique. Et pourtant...

— Ce n'est pas si simple... Vous le voyez forcément.

— Pourquoi ?

— Parce que c'est dangereux, chuchota-t-elle.

— C'est risqué, riposta-t-il, mais c'est un risque contre lequel nous pouvons nous prémunir. Nous savons tous deux que rien ne peut se passer entre nous, donc tout ira bien.

Comme Éloise aurait aimé partager sa confiance...

— Attendez une seconde. Que fait-on ici ?

Tariq fronça les sourcils et jeta un regard à Éloise.

— Que voulez-vous dire ?

La jeune femme pointa un doigt en direction de son jet Gulfstream.

— Où allons-nous exactement ?

Une lueur d'amusement vint tempérer sa frustration.

— Je vous l'ai dit, nous allons à l'est.

— Mais je pensais que c'était à une heure de voiture d'ici.

— Disons plutôt à deux heures de vol.

Éloise pâlit subitement.

— Détendez-vous, dit-il. Je vous ai fait la promesse qu'il ne se passerait rien. Je n'ai pas l'intention de vous amener à l'autre bout du pays pour abuser de vous.

Elle leva les yeux vers lui et, dans son regard, il vit briller une expression qui fit naître des émotions nouvelles au creux de son ventre. La honte, la confusion.

— Je sais, murmura-t-elle avant de se détourner et de jeter un œil préoccupé à l'avion.

Était-elle si terrifiée à l'idée d'être seule avec lui ? Lui faisait-elle si peu confiance ?

— Alors allons-y, déclara-t-il.

À chaque pas qu'elle faisait, Éloise était tentée de tout dévoiler à Tariq. Sa peur panique de l'avion. Sa terreur à l'idée d'être enfermée dans les airs dans cette boîte de conserve.

Mais gênée d'avouer cette phobie enfantine qui la rendait vulnérable et puérile, elle serra les dents et gravit les marches de l'escalier qui menait à l'appareil en se répétant les leçons apprises chez le psychologue, des années auparavant : les avions volent tous les jours et sont méticuleusement entretenus. C'est un moyen de transport bien plus sûr que la voiture. Elle avait compris que le manque d'assurance lié au fait d'avoir grandi au sein d'un conflit permanent s'était traduit par une anxiété dans les situations dont elle n'avait pas le contrôle. Prendre l'avion en était un parfait exemple : quel acte de foi plus important que de confier sa vie à un pilote ?

Tariq ne sembla pas remarquer son trouble. Il salua l'équipage avant de répondre à un appel téléphonique. Éloise se blottit dans son siège, les yeux clos, mais quand la porte de l'appareil se referma, elle sursauta et ouvrit à nouveau les yeux. Dieu merci, le cheikh ne la regardait pas. Hors de question de lui montrer à quel point elle avait peur.

Les turbines des réacteurs commencèrent à gronder et elle enfonça ses ongles dans les paumes de ses mains tandis que le son montait dans un crescendo assourdissant. Elle tenta de se concentrer sur la vue à travers le hublot : les hommes en uniforme qui s'éloignaient sur le tarmac, les autres appareils à l'arrêt. Et au-dessus d'elle, le ciel, immense et vide.

Éloise était si bouleversée qu'elle remarqua à peine le luxe extravagant de la cabine. Elle était incapable d'apprécier le cuir moelleux des fauteuils, les lustres en cristal, l'écran plat gigantesque qui trônait à l'arrière et la table à manger en chêne massif. Pour l'heure, elle ne pensait qu'à une chose, sortir de cet avion. Elle tourna la tête vers Tariq. Il avait terminé sa conversation téléphonique et regardait par le hublot.

Il était si beau que le ventre d'Éloise se noua douloureusement. Comment diable allait-elle s'en sortir ?

S'il épousait Elana – ce qu'il ferait car il le devait – elle n'aurait d'autre solution que de prendre du recul. S'éloigner de sa meilleure amie. Et de sa vie. Impossible pour elle de continuer à vivre comme une sœur auprès d'Elana, sachant que celle-ci serait l'épouse de Tariq. Elle avait beau aimer la princesse et vouloir son bonheur, ce serait insupportable d'en être le témoin.

Éloise devrait quitter Ras Sarat, Savisia et toute cette partie du monde.

Elle serait à nouveau jetée à la dérive.

Seule.

La gorge nouée, elle cligna des yeux et tourna la tête au moment où Tariq regardait dans sa direction. Elle ne pouvait pas continuer à être aussi près de lui. C'était déjà difficile maintenant, alors ce serait pire quand il serait marié. Tout rapprochement entre eux serait strictement interdit. Jamais ils ne pourraient trahir Elana. Et être en sa présence tous les jours serait une torture.

Mais qu'en serait-il de ne plus le voir ?

L'avion entra dans une zone de turbulence et elle ferma les yeux, presque soulagée de retrouver sa peur. Elle gémit doucement et agrippa les accoudoirs tandis que la panique lui emplissait la bouche d'un goût métallique.

Quelque chose n'allait pas. Tariq avait remarqué qu'Éloise retenait son souffle pendant le décollage. Ensuite, elle avait paru laisser ses pensées vagabonder et se détendre un peu.

Mais alors que l'avion traversait quelques turbulences, la jeune femme sembla sur le point de s'évanouir. Son visage était pâle et ses pupilles, dilatées.

Il se leva brusquement et s'approcha d'elle. Agitée de tremblements, elle était méconnaissable.

Il étouffa un juron.

— Que se passe-t-il ?

— Je...

Elle s'interrompit et ses lèvres remuèrent silencieusement comme si elle était incapable d'émettre le moindre son. Il y eut une nouvelle secousse, et elle cria avant de plaquer une main sur sa bouche et de se détourner.

Mais Tariq en avait assez vu. Il avait compris.

Éloise s'était rendue à Savisia en conduisant plutôt que de prendre l'avion. Et un peu plus tôt, il avait vu sa mine effarée et découvrant le jet. Il avait pensé que c'était lié à l'appréhension d'être seule avec lui mais, maintenant, il comprenait la cause de son effroi : elle avait peur en avion.

— Tout va bien se passer, murmura-t-il en venant s'asseoir sur le siège à côté d'elle, près du hublot.

Il rabattit l'accoudoir qui les séparait pour l'attirer doucement contre lui. Mais cela ne changea rien, et Éloise se mit à trembler de façon incontrôlable.

Il fronça les sourcils, soudain inquiet.

— Vous avez peur ? demanda-t-il pour confirmer ses soupçons et exclure toute autre cause plus grave.

Elle hocha la tête contre lui et il fut immédiatement soulagé. La peur de voler était un problème qu'il pouvait gérer. Il lui caressa gentiment le bras, la maintenant fermement contre lui pour qu'elle se sente protégée.

— Cet avion est très sûr, chuchota-t-il. Les turbulences sont parfaitement normales quand on passe au-dessus des montagnes. Tout ira bien, mon ange, je vous le promets.

— Comment le savez-vous ? demanda-t-elle en claquant des dents.

— Parce que je prends l'avion très souvent.

— Mais cette fois...

— Sera comme toutes les autres.

Éloise cessa peu à peu de trembler. Une fois le calme revenu, Tariq la garda serrée contre sa poitrine. Il savait au fond de lui que ce n'était plus pour la rassurer mais parce qu'il en avait envie. Parce que c'était bon de sentir son corps doux et son souffle tiède.

Tous deux franchissaient une ligne invisible mais ni l'un ni l'autre ne fit un mouvement. C'était un instant de plaisir volé. Innocent et coupable à la fois.

Et ils ne firent pas un geste pour l'interrompre.

Quelque chose avait changé en Éloise. Pendant le vol, elle s'était effondrée, et Tariq l'avait rassurée. Ils avaient partagé un moment fort et, pour elle, cela avait eu une importance capitale. À présent, elle ne pouvait plus faire semblant.

Impossible de continuer à combattre cette force qui était à l'œuvre entre eux. Elle savait que c'était mal, mais n'avait-elle pas le droit d'éprouver ces sentiments ? Au moins pour un moment ? En quoi le fait de passer du temps avec Tariq était-il une trahison envers Elana ?

Après tout, c'était pour faire connaissance avec cet homme que son amie l'avait missionnée. N'était-ce pas ce qu'elle faisait ?

Elle regarda défiler la ville à travers les vitres de la limousine tandis que deux motards vêtus de noirs escortaient leur convoi. Les bâtiments anciens se mêlaient aux gratte-ciel modernes. Les boutiques de créateurs laissèrent place à de larges boulevards bordés de restaurants. Éloise aurait aimé avoir le temps de s'arrêter pour flâner dans les ruelles de cette ville et s'imprégner de ses merveilles.

— Venez-vous souvent dans la région ? demanda-t-elle à Tariq en se tournant vers lui.

— Tous les quinze jours environ. J'ai appris très jeune l'importance pour un souverain de rester visible dans chacune de ses provinces. Par le passé, il est arrivé que certains cheikhs soient considérés comme déconnectés de leur population. Je ne veux pas qu'il en soit de même avec moi.

— Vous êtes vénéré par votre peuple. Comme l'était votre père.

Tariq baissa la tête.

— C'était un excellent dirigeant.

— Avez-vous toujours été heureux de ce destin qui est le vôtre ?

Il sembla hésiter, et elle vit passer dans son regard une lueur de fragilité mais, très vite, il retrouva son assurance.

— J'ai été élevé pour ça.

Elle fronça les sourcils. Il n'avait pas vraiment répondu à sa question.

— Auriez-vous souhaité avoir un frère ou une sœur pour partager cette charge avec vous ?

— Mes parents n'ont pas pu en avoir après moi, fit-il en se tournant vers la fenêtre.

Sa pomme d'Adam tremblait légèrement et elle comprit que cet aveu lui coûtait.

— Ils ont essayé de concevoir un enfant pendant des années avant de m'avoir, poursuivit-il sans la regarder. Et puis, ma mère m'a gardé à l'écart du public durant les deux premières années de ma vie. Elle m'a dit plus tard qu'elle ne voulait pas tenter le sort…

— C'est une réaction très naturelle de sa part, dit Éloise avec douceur.

— À l'époque, mon père n'était pas l'héritier du trône, et les médias s'intéressaient peu à nous.

— Et puis, le cheikh régnant a péri dans cet incendie ?

— Oui. Mon oncle est mort avant d'avoir eu des enfants et le trône est revenu à mon père du jour au lendemain. Nous sommes immédiatement retournés à Savisia.

— Et depuis ce jour, vous savez que ce sera votre vie.

— En effet.

— Cela a-t-il changé les choses pour votre père ?

— Bien sûr, répondit Tariq avec un sourire empli de nostalgie. Nous sommes passés de la vie de famille à la vie royale, entourée de serviteurs dans un immense palais. Je n'avais plus le droit d'aller à l'école et je passais des heures interminables entre quatre murs avec mes précepteurs. Je détestais être enfermé. J'aimais apprendre mais je préférais grimper aux arbres ou monter à cheval.

— Et dormir à la belle étoile, ajouta-t-elle.

— Exactement, fit-il en plongeant ses yeux dans les siens.

— Vous êtes néanmoins parvenu à un certain équilibre dans votre enfance. Après tout, vous ne semblez pas avoir été privé de liberté.

— Mon père, peut-être parce qu'il n'avait jamais pensé devenir cheikh, a tenu à ce que je bénéficie d'une enfance relativement normale, même si je devais accorder une part importante aux devoirs et aux responsabilités inhérentes à un souverain.

— Qu'en sera-t-il de vos enfants ? demanda Éloise à voix basse, consciente de la souffrance qu'elle ressentait en imaginant que ces derniers seraient aussi ceux d'Elana.

— Je n'y ai pas encore songé.

— La principale raison pour laquelle vous vous mariez est d'engendrer un héritier, n'est-ce pas ?

— Oui, dit-il.

— Vous avez donc dû y réfléchir un peu ?

— J'imagine que ma femme aura son mot à dire sur l'éducation de nos enfants.

— Et si elle souhaite les envoyer à l'internat dès qu'ils savent marcher ?

— Est-ce une possibilité ?

Malgré sa peine, Éloise eut un sourire doux.

— Non. Ellie sera une maman merveilleuse et présente.

— Vous en avez parlé ensemble ?

— Plusieurs fois. Elle a toujours voulu avoir des enfants. Sa propre vie...

Elle s'interrompit, consciente qu'elle révélait des informations intimes au sujet de son amie, que celle-ci aurait peut-être préféré garder secrètes.

— Poursuivez, ordonna-t-il.

Comment exprimer ce qu'elle pensait sans trahir Elana ?

— Nous sommes très semblables, finit-elle par expliquer. Nous étions filles uniques toutes les deux. C'est peut-être pour cela que nous sommes devenues si proches, comme pour combler ce manque. Et depuis toujours, Ellie m'a fait part de son désir de se marier et d'avoir un jour des enfants pour garantir la lignée de son royaume. C'est pourquoi, quand elle s'est fiancée, cela a été une joie pour tout le monde. Et puis, l'homme qu'elle aimait est mort.

La voix d'Éloise s'éteignit et elle mit du temps avant de pouvoir reprendre.

— Elana était dévastée. Il lui a fallu des mois avant de pouvoir mettre un pied devant l'autre. Plus d'un an, avant que je ne la voie sourire à nouveau. En pendant tout ce temps, son gouvernement a fait pression sur elle pour qu'elle surmonte rapidement son deuil et se marie avec un autre. Jusqu'à peu, cette idée lui était insupportable.

— Plus maintenant ?

Éloise se mordilla la lèvre inférieure, puis elle s'arrêta en constatant que Tariq la fixait d'un regard brûlant. Elle se redressa et regarda par la fenêtre en direction du palais dont ils s'approchaient.

— Le temps a passé. Cela l'a aidée. Elle est prête.

Il sembla hésiter un instant.

— J'en suis heureux, déclara-t-il. Ce mariage a du sens pour nous deux.

Pourtant, sa voix était sombre et ses mots semblaient pénibles à prononcer.

La limousine fit halte devant un large portail en fer forgé devant lequel plusieurs gardes étaient en faction. L'un d'eux s'inclina devant la vitre du conducteur avant d'ordonner que l'on ouvre les portes.

— Qu'en est-il pour vous, mon ange ? demanda Tariq tandis que la voiture redémarrait.

Une fois de plus, Éloise fut troublée par l'emploi de ce terme si intime.

— Que voulez-vous dire ? fit-elle d'une petite voix.

— Avez-vous l'intention de vous marier et d'avoir des enfants ? De trouver le bonheur à votre tour ?

— Il me semble que ce... bonheur peut revêtir différentes formes, murmura-t-elle.

— Le vôtre n'inclut pas le fait d'avoir un jour des enfants ?

— Je ne sais pas, répondit-elle nerveusement.

— Pourquoi pas ?

Quelques jours auparavant, elle aurait comme toujours répondu que c'était parce qu'elle aimait être seule. Mais depuis qu'elle avait rencontré Tariq, une autre vérité s'était frayé un chemin à travers sa conscience : comment envisager de se marier et d'avoir des enfants avec un autre que lui ?

Elle était terrifiée de constater à quel point cet homme avait pris le contrôle de son âme en si peu de temps. Pourquoi ne l'en avait-elle pas empêché ?

Parce qu'elle en était incapable ou parce que, lorsqu'elle l'avait compris, il était trop tard ?

— Éloise ?

Elle sursauta en revenant à la réalité et se força à sourire.

— Quelle importance ?

Car c'était la vérité. Elle n'était certainement pas là pour parler de ses projets d'avenir.

— Il se trouve que cela m'importe. Faites-moi plaisir, insista-t-il en faisant comprendre à ses gardes d'un signe de la main qu'ils ne sortiraient pas tout de suite de la voiture.

— Je n'ai jamais pu m'imaginer en mère de famille heureuse.

— Parce que votre famille ne l'était pas ?

Elle écarquilla les yeux, stupéfaite une fois de plus par sa perspicacité. Avec Tariq, elle ressentait le besoin d'être entièrement sincère. Elle acquiesça donc rapidement sans croiser son regard.

— Votre père maltraitait-il physiquement votre mère ?

Elle hocha la tête, toujours sans le regarder.

Tariq eut un soupir désapprobateur.

— Elle était tout aussi mauvaise que lui, se hâta-t-elle d'ajouter. Leur relation était explosive. Certains auraient pu parler de passion mais, en réalité, cela relevait de la folie. Ils auraient dû mettre fin à leur mariage depuis des années. En être témoin était déjà difficile mais, le plus souvent, j'étais au centre de leurs conflits.

Tariq prit doucement son menton pour la forcer à le regarder. Mais la compassion qu'elle lut dans ses yeux lui donna envie de pleurer.

— Ne me regardez pas comme ça, je vous en prie, murmura-t-elle.

— Comment ?

— Comme si j'étais faible et vulnérable.

— Ce n'est pas ce que je pense. Vous êtes forte, ajouta-t-il en s'approchant si près que leurs lèvres se touchaient presque. La vie vous a rendue forte, comme pour moi. Je crois que nous partageons beaucoup de choses, Éloise.

Ce n'était pas une déclaration d'amour et, de toute façon, elle ne l'aurait pas acceptée, mais en entendant ces paroles elle eut la sensation que son cœur éclatait dans sa poitrine.

Elle s'adossa à son siège et concentra son attention devant elle jusqu'à ce qu'elle soit capable de prendre à nouveau la parole.

— Quel est cet endroit ? demanda-t-elle en désignant de la tête un grand bâtiment qui se dressait devant eux.

— L'un de mes palais préférés. C'est là que j'aimerais vivre une partie de l'année en famille.

Elle se tourna vers lui. Il l'avait donc amenée ici pour qu'elle évalue la valeur de ce lieu pour Elana. Le comprendre fut un soulagement, mais aussi une souffrance.

— Après mes études, j'ai rejoint l'armée, poursuivit-il. J'ai été envoyé en poste dans cette région. Ce furent certaines des meilleures années de ma vie. Je suis très attaché à cette partie de mon pays.

Mille questions se bousculèrent dans l'esprit d'Éloise.

— Je me souviens d'avoir lu que vous aviez fait l'armée, dit-elle doucement.

Son sens du devoir était l'une des nombreuses qualités qui lui valaient l'adoration de son peuple.

Tariq eut un regard dans lequel elle devina une légère réprobation.

— Je n'ai pas mené ces recherches pour mon plaisir ! s'exclama-t-elle. Mon travail exigeait que je sois un peu préparée à mon arrivée à Savisia.

— Je comprends, bien sûr... C'est juste que j'aimerais vous faire certaines confidences à mon sujet. Il se trouve que j'aime parler avec vous, Éloise.

Son cœur trembla. Elle sentait le danger arriver de façon imminente.

— Et vous pouvez le faire, fit-elle en s'efforçant de garder une voix décontractée. Cela fait également partie de mon travail, vous vous souvenez ? Et maintenant, si vous me faisiez visiter ce palais afin que je vous dise s'il plaira à Elana ?

7

Il n'y avait rien qui puisse déplaire dans ce palais. Aussi magnifique et ancien que celui de la capitale, il était à taille humaine et semblait plus propice à une vie de famille. Entouré de jardins et de piscines, il offrait une vue époustouflante sur la ville, et Éloise imagina la joie de vivre qui pourrait régner dans une telle demeure ainsi que les activités qu'on pourrait y mener : emmener les enfants se promener dans la vieille ville pour y déguster une glace ou flâner dans les marchés aux épices qu'ils avaient croisés sur leur route en venant de l'aéroport. Bien sûr, ce ne serait pas elle qui vivrait tout cela mais elle connaissait suffisamment sa meilleure amie pour savoir qu'Elana adorerait cet endroit autant qu'elle.

Éloise passa la plus grande partie de la journée seule à déambuler dans le palais si bien que, les heures passant, elle ressentit une grande fatigue. Tariq ne réapparaissant toujours pas, elle héla un domestique en lui demandant s'il y avait un salon dans lequel elle pourrait se reposer un moment en buvant un thé glacé. On la conduisit aussitôt dans un espace doté de meubles somptueux et de grandes fenêtres aux volets dorés qui offraient une vue sur toute la ville. Éloise s'assit et inspira les effluves délicieux des épices qui montaient jusqu'à elle.

Après s'être rafraîchie, elle ôta ses chaussures et s'allongea sur l'un des sofas moelleux du salon avec l'intention de fermer les yeux pour quelques minutes seulement. Mais, épuisée par ses nuits tourmentées, elle sombra rapidement dans un sommeil sans rêve qui dura jusqu'à ce que le soleil se couche et que le chant des oiseaux nocturnes s'élève dans les airs.

Tariq trouva Éloise profondément endormie en entrant dans le salon. Il congédia ses serviteurs et referma la porte en silence, tout en observant la jeune femme d'un air soucieux. Leur situation était fragile, ils le savaient tous les deux. Pourtant, il eût été si facile de la réveiller d'un baiser et de renouer les fils de ses rêves avec son propre corps.

Il prit une grande inspiration et secoua la tête pour chasser ces pensées de son esprit. L'enjeu de son mariage avec Elana était trop important pour qu'il se laisse aller à ces fantasmes.

Elle n'était qu'une femme, pareille à celles qu'il avait rencontrées.

C'était faux et il le savait, même s'il aurait voulu se persuader du contraire. Mais elle ne pouvait pas être plus importante que son mariage. Il devait épouser Elana de Ras Sarat. C'était une mesure préventive essentielle contre une prétention future au titre de cheikh. Malgré la loi, Tariq craignait que toute autre revendication ait plus de poids que la sienne. Il n'était même pas né de parents savisiens...

S'il y avait eu un prétendant digne de ce nom pour le remplacer, il aurait immédiatement renoncé au rôle qu'il n'était plus sûr de mériter. Mais son seul lointain cousin avait une personnalité suffisamment douteuse pour que Tariq ne songe en aucun cas à abdiquer en sa faveur. Asseoir sur le trône cet homme assoiffé de pouvoir serait injuste pour les Savisiens.

Or, Tariq devait faire ce qui était juste. Il le devait à ses parents mais aussi à son peuple.

Déterminé à ignorer le désir qui le torturait, il s'approcha d'Éloise et se contenta de poser une main sur son épaule pour la réveiller. Mais la jeune femme bougea, et la main de Tariq glissa sans le faire exprès sur le haut de sa poitrine. Il se figea, comme paralysé, ses doigts posés sur la peau douce et tiède qui se soulevait légèrement à chaque inspiration.

Elle cligna des yeux, d'abord confuse, puis elle l'accueillit avec un sourire qui lui fit l'effet d'une décharge électrique.

— Bonjour, Votre Altesse, murmura-t-elle d'une voix douce et il comprit qu'elle était encore embrumée de sommeil.

Peut-être venait-elle même de rêver de lui...

Tariq était à la croisée des chemins. Son honneur lui ordonnait de faire marche arrière, mais son désir faisait vaciller toute sa détermination. Il remonta lentement sa main jusqu'à la base de son cou et resta là, ses yeux rivés aux siens, comme s'il attendait le moindre signal de sa part qui indiquerait qu'elle ne voulait pas qu'il la touche.

Elle cligna à nouveau des yeux et s'étira. Était-elle complètement réveillée ou encore plongée dans son rêve ?

— Avez-vous bien dormi ?

— J'étais si fatiguée, fit-elle et soudain elle se redressa, se libérant de la main de Tariq dans le même mouvement.

Elle leva les yeux vers lui, le visage très pâle, et il attendit qu'elle dise quelque chose. N'importe quoi.

— Je ne comptais pas m'endormir, reprit-elle en fixant le tapis persan à ses pieds. Ce doit être la chaleur...

— La journée a été longue. Mes réunions se sont éternisées. Vous ne vous êtes pas trop ennuyée ?

— Pas du tout.

Éloise se mit debout, gardant un bon mètre de distance entre eux.

— J'ai visité le palais. Il est magnifique.

Elle s'interrompit et regarda brièvement Tariq avant de reporter son attention sur le tapis.

— Elana aimera beaucoup cet endroit.

Il faillit répliquer qu'Elana pouvait bien aller au diable mais il se retint. Il devait épouser la princesse et, de plus, il suspectait qu'Éloise n'aimerait pas qu'il parle ainsi de son amie, peu importe à quel point ils se désiraient.

— Êtes-vous prête à partir ?

Elle leva la tête vers lui.

— Déjà ?

Elle ferma les yeux aussitôt, comme si elle s'en voulait de lui avoir montré sa déception, et il eut du mal à se retenir de la prendre dans ses bras.

— Nous ne rentrons pas à Savisia tout de suite. Il y a quelque chose que j'aimerais d'abord vous montrer.

— Pour Elana ? demanda-t-elle d'un ton méfiant.

Il hocha la tête, mais en vérité il voulait que ce soit *elle* qui voie cet endroit qui comptait tant pour lui. Pas la princesse.

— D'accord, dit-elle doucement.

Il réprima l'envie de la prendre par la main pour la guider hors de la pièce.

— Êtes-vous sûr de savoir où nous allons ?

C'est la première fois qu'ils échangeaient un mot depuis une heure. Les rues de la ville avaient laissé place à des champs cultivés, puis à des montagnes aux routes sinueuses à peine éclairées par la lumière du crépuscule. À travers la fenêtre, Éloise observa la pente abrupte et les nuages épais qui recouvraient une végétation de plus en plus dense. Tariq conduisait comme s'il connaissait parfaitement le chemin, et le voir au volant de cette puissante machine la faisait frémir de désir. Une équipe de quatre agents de sécurité les suivaient à la trace dans un 4x4 noir.

« Ils établiront un périmètre de sécurité quand nous serons dans la forêt », avait négligemment expliqué Tariq alors qu'ils quittaient le palais, et Éloise avait essayé de refouler l'inquiétude qui s'était emparée d'elle en l'entendant.

— Vous ne me faites réellement pas confiance ?

Elle sourit malgré la tension qui lui nouait le ventre.

— J'ai juste l'impression que nous sommes au milieu de nulle part.

— Et encore, nous ne sommes pas tout à fait arrivés, répliqua-t-il d'un ton amusé.

— Il va bientôt faire nuit...

— Ce qui est logique à cette heure-ci.

Elle entrouvrit les lèvres.

— Tariq...

— Tout va bien. Nous ne resterons pas longtemps.

Elle soupira. Ce n'était pas qu'elle détestait l'idée de se retrouver seule avec lui... bien au contraire. Mais elle savait qu'ils devaient revenir à la réalité le plus tôt possible. Même si cela impliquait un vol retour dans son jet privé...

Tariq continua à naviguer habilement à travers les virages serrés tandis qu'Éloise contemplait le soleil qui déclinait à l'horizon. Soudain, elle remarqua que le 4x4 n'était plus derrière eux. Sans doute les gardes établissaient-ils le périmètre dont le cheikh avait parlé.

— J'aime l'intimité, expliqua celui-ci comme s'il avait deviné le fil de ses pensées.

— Où sont-ils ?

— Ils ont installé un poste de contrôle en contrebas de la route. Le seul accès possible au chalet.

Lorsque Tariq arrêta la voiture, quelques instants plus tard, le ciel brillait encore de ses dernières nuances de violet et d'or. Le regard d'Éloise se posa sur une cabane en pierre située au milieu d'une forêt dense.

— Quel est cet endroit ? demanda-t-elle en plissant les yeux pour mieux la distinguer.

— Un lieu où j'aime venir quand j'ai besoin de m'évader.

Elle se tourna sur son siège pour faire face à Tariq.

— Ce chalet est à vous ?

— Toutes ces terres appartiennent au palais, fit-il en désignant les montagnes alentour.

Elle laissa échapper un murmure impressionné.

— Et vos gardes du corps ? À quelle distance se trouvent-ils ?

Il la fixa un moment de trop et une vague de chaleur la gagna.

— Vous n'avez pas à vous inquiéter, Éloise. Je vous ai donné ma parole que je ne vous toucherais pas. Je voulais simplement vous montrer cet endroit.

Elle frémit, plus de désir que de peur.

— D'accord, murmura-t-elle en parcourant du regard le chalet avec une curiosité non dissimulée.

— Venez.

Tariq sortit de la voiture et il vint lui ouvrir la portière.

— Merci, dit-elle d'une petite voix en sortant à son tour.

Le cœur battant à l'idée d'être entièrement seule avec lui, elle le suivit sur le sentier de gravier qui menait à la maison. Quand ils arrivèrent devant la porte, Tariq posa une main sur une des pierres de la façade pour la caresser doucement.

— Mon père et moi avons bâti cette cabane ensemble il y a longtemps, dit-il d'une voix emplie de nostalgie.

— Vraiment ? répliqua Éloise, émue.

— Pour lui, nous étions des hommes avant d'être des cheikhs. La vie au palais nous déconnecte parfois de cette réalité et il tenait à ce que je m'en souvienne.

Elle fit écho à son geste en passant à son tour sa main sur la surface rugueuse des pierres.

— Vous avez dû être fiers de vous.

— C'est un sentiment d'accomplissement très agréable, confirma-t-il.

— Pourquoi avoir choisi de la construire ici ?

— C'était l'une des régions préférées de mon père avant de devenir la mienne.

— Et vous aimez toujours vous échapper ici, à chaque fois que vous le pouvez, murmura-t-elle.

Il s'approcha d'un petit boîtier situé sur la porte et tapa un code à six chiffres. Il y eut un déclic et la porte s'ouvrit.

— Oui, lâcha-t-il avant d'allumer un interrupteur et de faire un pas en arrière pour inviter Éloise à entrer.

Celle-ci obtempéra et regarda autour d'elle sans pouvoir s'empêcher de sourire, tant le lieu lui parut charmant. Il était meublé simplement : un séjour avec une cuisine, un canapé, une table et des chaises en bois. Deux portes entrouvertes menaient à une chambre dotée d'un grand lit et à une salle de bains.

— C'est assez rustique, commenta Éloise en lui lançant un rapide coup d'œil.

— C'est une cabane pour la chasse, répliqua Tariq en haussant négligemment les épaules.

— La chasse ?

— Un passe-temps national.

Elle frissonna.

— Cette activité n'est pas à votre goût ? demanda-t-il.

— Cela m'ennuierait qu'un décret royal me force à prendre les armes contre des animaux innocents, fit-elle en grimaçant.

— Personne ne vous obligera à chasser pour cette fois, dit-il d'un ton légèrement taquin en s'approchant.

C'était trop facile de se laisser aller à la plaisanterie et au flirt avec lui. Trop dangereux aussi. Elle devait se concentrer sur Elana. C'est pour elle qu'elle était ici.

— La princesse est une passionnée des sorties au grand air, déclara-t-elle avant de faire mine d'ignorer que le regard de Tariq s'était assombri à l'évocation d'Elana.

— Vraiment ?

— Sans elle, je n'aurais jamais survécu à l'expérience du camp de vacances sous des tentes.

— Ça ne vous a pas plu ?

Elle secoua vivement la tête.

— Pour quelle raison ?

Elle hésita un moment. Elle n'avait avoué la vérité à personne d'autre qu'Elana. Et pourtant, elle sentait un besoin puissant de ne rien cacher à cet homme. Elle se dirigea lentement vers la cuisine.

— Quand j'étais enfant et que mes parents se disputaient, ma mère m'enfermait dans un placard, soi-disant pour me protéger. Peut-être imaginait-elle que le son ne traverserait pas les cloisons, ajouta-t-elle, tendue. Je détestais cela. J'avais peur du noir, de leurs bagarres, du silence qui suivait toujours après. Parfois, elle m'oubliait.

Tariq jura, et elle le regarda, une lueur triste dans les yeux.

— Je craignais de les mettre en colère en cognant contre la porte du placard, alors j'attendais en silence.

Il s'approcha doucement d'elle.

— Depuis, je ne supporte pas les petits espaces clos...

— Comme les avions ?

— Je pense que cela a davantage à voir avec la perte de contrôle. Je deviens anxieuse quand je dois compter sur les autres.

Il hocha la tête en signe de compréhension.

— J'ai vu un psychologue pendant un moment mais cela n'a pas suffi, poursuivit-elle. Je m'en sors en évitant autant que possible les pièces exiguës.

— Et ici, ça va ? demanda-t-il en désignant la cabane.

— Oui, fit-elle avec un sourire crispé.

— J'en suis heureux. Je tenais à vous montrer cet endroit.

Le cœur d'Éloise fit un bond. Ce n'était pas la première fois que Tariq le disait, mais elle n'avait pas compris auparavant que c'était à *elle* qu'il voulait le montrer.

— Pour quelle raison ?

Il lui lança un regard qu'elle ne parvint pas à déchiffrer.

— Je l'ignore, finit-il par répondre. Mais c'était important pour moi.

Elle détourna le regard. Ça l'était pour elle aussi.

— Avez-vous faim ? demanda soudain Tariq.

— Pourquoi ? répondit Éloise en jetant un regard dans la cuisine. Vous cachez un menu trois étoiles dans un placard ?

— Pas tout à fait, répliqua-t-il en souriant, mais le congélateur est plein et la cuisinière fonctionne.

C'était terriblement tentant... mais bien trop dangereux.

— Je pense que nous devrions rentrer, murmura-t-elle sans croiser son regard.

— Est-ce cela que désirez ?

Un tourbillon de frustration secoua sa poitrine. Tariq la poussait dans ses retranchements alors même qu'ils savaient tous deux qu'ils approchaient d'une ligne invisible qu'ils n'avaient pas le droit de franchir.

— Bon sang, Votre Altesse. Ce que je *désire* n'est pas la question.

Elle vit qu'il serrait les dents.

— Vous devez m'appeler Tariq.

— Vous êtes le cheikh de Savisia.

— J'en suis conscient, déclara-t-il en croisant les bras. Mais quand je suis seul avec vous, je suis simplement un homme.

Elle le regarda, en colère, frustrée et perdue. Comment contester cela ? Quand ils étaient ensemble, c'était exactement ce qu'elle ressentait. Il n'était plus question de rang ni de protocole. Ils n'étaient qu'un homme et une femme qui se désiraient.

— Tariq..., murmura-t-elle dans un soupir, tout en repoussant une mèche de cheveux derrière son oreille.

Il plongea ses yeux dans les siens et elle eut le sentiment que le monde s'arrêtait de tourner. Tout devint très calme. Comme s'ils étaient les deux dernières personnes sur la planète.

— Restons ici pour dîner, fit-il d'un ton exigeant.

Elle en avait tellement envie... Ici, avec lui, aux confins de la terre, où rien d'autre ne semblait avoir d'importance.

— Nous ne devrions pas...

— Pourquoi ? insista-t-il, les yeux brillants.

Elle se mordit la lèvre inférieure.

— Vous connaissez la réponse à cette question.

— Je vous demande de partager un dîner avec moi, par mon lit.

Elle rougit.

— Je..., souffla-t-elle, incapable de mettre de l'ordre dans ses pensées, avant de se contenter d'acquiescer.

— Bien, fit Tariq en hochant la tête.

Il se rendit dans la cuisine et sortit du congélateur un récipient qu'il vida dans une casserole avant de la mettre à chauffer sur la cuisinière. Éloise le regarda faire, fascinée par son attitude naturelle et son charme. Soudain, il se tourna vers elle, l'air amusé, comme s'il avait deviné qu'elle l'observait.

— Seriez-vous offensée si j'enlevais ma djellaba ?

Troublée, elle ne sut que répondre et fronça les sourcils.

— C'est plus facile pour cuisiner, ajouta-t-il en guise d'explications et, sans attendre sa réponse, il fit passer le vêtement ample par-dessus sa tête avant de le déposer avec précaution sur le dossier d'une chaise.

Éloise cessa de respirer. Non pas qu'il fût dévêtu : il portait un pantalon à revers et une chemise en coton mais il y avait quelque chose de très intime dans le fait de le voir se déshabiller ainsi devant elle.

— Quel âge aviez-vous quand vos parents sont morts ?

La question de Tariq était personnelle et directe mais, étrangement, cela ne la dérangea pas.

— Onze ans.

Il hocha la tête pensivement et se dirigea vers le réfrigérateur, qu'il ouvrit pour en sortir une bouteille d'eau minérale.

— Comment est-ce arrivé ?

Autre question directe. Éloise concentra son attention sur les mouvements adroits de ses mains tandis qu'il retirait le couvercle de la bouteille avant d'en verser le contenu dans deux verres épais.

— Un accident de voiture. Ils revenaient d'une soirée.

Il heurta légèrement un verre contre la bouteille ce qui surprit Éloise de la part d'un homme si maître de son contrôle.

— Étiez-vous dans le véhicule ? demanda-t-il d'un ton très calme.

— Non. Ils m'avaient laissée à la maison.

— Toute seule ?

— J'aimais être seule chez moi. Je lisais beaucoup.

Il lui lança un regard intense et elle cligna des yeux, troublée.

— Parce que cela vous aidait à vous échapper ?

— Exactement, répliqua-t-elle, émue qu'il la comprenne aussi bien. Très tôt le lendemain, un policier s'est présenté à la maison.

— Comment vous sentiez-vous ?

Elle but une gorgée d'eau avant de répondre.

— Mes parents venaient de mourir. J'étais dévastée.

— Et aussi confuse, presque... soulagée ?

Elle entrouvrit les lèvres. C'est comme s'il percevait les tréfonds de son âme.

— Oui, même si j'aimais beaucoup mes parents, dit-elle à voix basse, à la fois honteuse et heureuse car, jusqu'à présent, elle n'avait osé l'avouer à personne, pas même Elana.

Comment l'admettre sans avoir le sentiment que cela faisait d'elle une personne terrible ? Pourtant, Tariq ne semblait pas choqué le moins du monde.

— L'espace d'un instant, j'ai ressenti un soulagement, confirma-t-elle. Leurs disputes étaient si violentes, Tariq, ajouta-t-elle en fermant les yeux. J'ai compris que je n'aurais plus à vivre cela et je me suis sentie... en paix. C'est horrible de ma part, je le sais.

Il lui prit la main et la pressa contre la sienne dans un geste qui lui parut infiniment réconfortant.

— La vie est compliquée, dit-il à voix basse. L'amour encore plus.

— Je croyais que vous n'aviez jamais été amoureux ? s'exclama Éloise, la gorge nouée.

— J'ai grandi entre mes parents, murmura-t-il. Et je sais que ce n'est pas toujours simple.

— Que voulez-vous dire ?

— Les enfants doivent vivre avec les conséquences des décisions que prennent leurs parents et c'est parfois compliqué.

— Pourquoi ai-je l'impression que vous me cachez quelque chose ?

Il eut un sourire triste qui la conforta dans ce sentiment. Elle aurait aimé connaître tous les secrets que recélait son âme.

— Parce que je suis le cheikh de Savisia. Il y a de nombreux secrets d'État que j'emporterai avec moi dans la tombe.

Elle poussa un léger soupir. Elle n'insisterait pas plus pour cette fois.

— Est-ce que le menu de ce soir fait partie de ces secrets ? demanda-t-elle, et le sourire qu'il lui adressa en retour manqua de la faire défaillir.

— Un peu de patience et vous saurez tout.

8

Éloise dormait profondément sur le siège à côté de lui et Tariq ne cessait de lui jeter des coups d'œil à la dérobée. Ce n'était guère prudent, étant donné qu'il conduisait dans les virages serrés d'une route de montagne en pleine nuit.

Il avait emmené la jeune femme ici sur une impulsion, désireux de partager cet endroit avec elle, en dépit de toute logique. Car quelle que soit la forme que revêtirait son mariage, il ne prévoyait pas d'amener son épouse en ce lieu. C'était *son* espace, son refuge personnel.

Alors pourquoi Éloise ? Pourquoi maintenant ?

Un bruit soudain attira son attention et Tariq pressa la pédale du frein, tous ses sens en alerte. Un grondement puissant s'éleva, suivi de nuages de poussière, et il aperçut au loin la silhouette de plusieurs arbres qui tombaient. Puis une forte odeur d'argile lui parvint et il jura en éteignant le moteur.

— Que se passe-t-il ? s'exclama Éloise en se redressant.

— Un tremblement de terre.

Cela arrivait fréquemment dans la région mais il n'en avait jamais vu de cette ampleur.

— Des arbres sont tombés devant nous et il y a eu un glissement de terrain, poursuivit-il. La route est bloquée. Nous devons retourner à la cabane.

— Oh non ! fit-elle d'une petite voix angoissée.

Il comprenait son appréhension. Tous deux avaient fourni des efforts immenses pour éviter le danger un peu plus tôt et voilà que le destin les mettait de nouveau à l'épreuve.

— Tout ira bien, déclara-t-il pour la rassurer.

Et se rassurer lui-même.

Il démarra la voiture et agrippa fermement le volant avant de manœuvrer pour repartir en sens inverse.

Éloise fronça les sourcils tandis que Tariq se garait en contrebas du chalet.

— Rentrons, lui dit-il. Je vais appeler mes gardes du corps et les informer de notre situation.

— Peut-être enverront-ils quelqu'un ce soir ? suggéra-t-elle, pleine d'espoir.

— Je vais les en dissuader, répliqua Tariq. Cela mettrait leur vie en péril et je ne souscris pas à l'idée stupide selon laquelle mon existence a plus de valeur que la leur. Ils attendront les premières lueurs de l'aube.

Éloise prit le chemin qui menait à la cabane, des papillons dans le ventre. Tariq la suivit et il effectua le code secret qui déverrouillait la porte avant de la laisser passer.

— Je vous rejoins dans une minute, dit-il.

Elle entra mais, quand elle voulut actionner l'interrupteur, elle s'aperçut que le courant avait été coupé. Saisissant son téléphone, elle activa la fonction lampe torche et se dirigea vers la cuisine, à la recherche d'une bougie et d'allumettes. Elle en trouva dans le troisième tiroir du bas et employa des verres en guise de bougeoirs. Une minute plus tard, on y voyait à nouveau clair, même si la lumière lui parut beaucoup trop romantique à son goût. Tariq entra à son tour et, en distinguant son regard dans la lueur tamisée, le cœur d'Éloise s'emballa dans sa poitrine.

— Il n'y a plus d'électricité, murmura-t-elle.

— Je vais aller voir dehors si le générateur fonctionne toujours, fit-il en sortant.

Éloise arpenta nerveusement la pièce en tendant l'oreille mais rien d'autre ne lui parvint que les bruits de la nuit : le chant des oiseaux et la brise dans les arbres. C'était calme et paisible. Elle s'immobilisa et ferma les yeux. Il était facile de comprendre pourquoi Tariq et son père aimaient tant venir ici...

— Il est mort, déclara le cheikh en entrant dans la cabane.

— Mort ?

— Le générateur. Sans doute à cause du tremblement de terre. Il faudra attendre demain.

— Eh bien, nous nous contenterons de bougies, dit-elle doucement.

Tariq regarda autour de lui et elle faillit éclater de rire car, pour la première fois, il semblait vraiment perdu.

Elle le comprenait si bien.

Après avoir mobilisé tant d'efforts pour tenir sa promesse, il se retrouvait bloqué avec elle dans cet endroit magnifique, aussi loin que possible des préoccupations du royaume. Pourtant, rien de tout cela n'était réel. Leur isolement n'était qu'une illusion. Dès demain, Tariq serait à nouveau le cheikh de Savisia, prétendant de sa meilleure amie.

Éloise se dirigea jusqu'au canapé pour s'asseoir à son extrémité.

— Je vais vérifier le lit dans la chambre, fit-il d'une voix tendue.

— Pourquoi ?

— Pour que vous puissiez y dormir.

— Vous n'allez pas dormir là ! s'exclama-t-elle en désignant le canapé. C'est bien trop petit pour vous.

— Je dormirai par terre.

— Jamais de la vie. Je prends le canapé et vous, le lit.

— Certainement pas. Vous êtes une femme et ce sera plus confortable pour vous.

Comment lui avouer que, de toute façon, elle serait incapable de dormir en le sachant si proche ?

— C'est tellement vieux jeu !

— Je ne suis pas d'accord.

— Oui, eh bien, qu'allez-vous faire à ce sujet ?

— Je vous rappelle que je suis le cheikh de Savisia.

— Oh ! croyez-moi, j'en suis parfaitement consciente !

L'air crépitait entre eux.

— Je ne tiens pas à me disputer à ce sujet avec vous, déclara-t-il calmement.

— Tant mieux, cela me paraît inutile aussi, répliqua-t-elle en se blottissant sur le canapé avant de fermer les yeux en souriant pour lui prouver qu'elle était contente.

Le bruissement de sa djellaba souligna son départ mais Éloise n'eut pas le temps de savourer sa victoire : une minute plus tard, Tariq était de retour dans la pièce.

— Tout va bien. Pas une araignée en vue. Vous pouvez y aller, maintenant.

Elle se redressa, le regarda un instant et éclata de rire.

— C'est ridicule, s'esclaffa-t-elle, et il rit à son tour. En plus, je ne suis même pas fatiguée !

— C'est vrai, vous avez dormi dans la voiture.

Elle balaya la pièce du regard.

— Y a-t-il quelque chose à faire ici ?

Il lui lança un regard interdit.

— Que voulez-vous dire ?

— Un jeu de société ou des cartes ? s'empressa-t-elle de préciser en rougissant.

Tariq se rendit jusqu'à une petite table. Il sortit une boîte en argent d'un tiroir et revint près d'Éloise.

— Vous permettez ? demanda-t-il en désignant le canapé.

Elle acquiesça, le cœur battant. Dès qu'il prit place, elle regretta sa décision. Ils étaient si proches qu'ils se touchaient. Elle voulut s'écarter en se levant mais il posa doucement une main sur son genou.

— Ce n'est qu'une partie de cartes, murmura-t-il.

Elle se rassit, consciente que c'était bien plus que cela.

L'entendre détailler de son accent chaud les règles du jeu puis faire une partie émaillée d'éclats de rire en se lançant des regards brûlants...

Non, c'était *définitivement plus* qu'une simple partie de cartes.

— Je... je devrais aller me coucher, dit-elle au bout d'un moment.

— Vous êtes fatiguée, maintenant ?

— Pas vraiment. Mais c'est mieux ainsi.

Si elle restait là plus longtemps, elle n'était pas sûre de ce qui se passerait. Elle ne voulait pas prendre de risque.

— Comme vous voulez, dit-il en se levant. Il y a des brosses à dents neuves dans le tiroir de la salle de bains et du savon dans la douche. Faites comme chez vous.

Éloise hocha la tête avant de s'éclipser en tremblant.

Il n'y avait pas d'eau chaude et elle n'eut pas le courage de prendre une douche mais elle se brossa les dents avec soin avant de contempler son reflet dans le miroir de la salle de bains. Elle défit lentement son chignon, et ses cheveux tombèrent lourdement dans son dos. Elle s'aspergea le visage d'eau fraîche puis s'essuya avec une serviette, consciente qu'elle paraissait plus jeune sans le maquillage léger qu'elle portait habituellement. N'ayant pas prévu de vêtements de rechange, elle resta entièrement habillée. Mais quand elle sortit de la salle de bains, elle constata le cœur battant que Tariq n'avait pas fait de même. Il était torse nu, simplement vêtu d'un pantalon de toile retroussé aux mollets. Elle le contempla, fasciné et en proie à un trouble intense.

— J'ai posé une de mes tuniques de rechange sur le lit, au cas où vous préféreriez dormir plus à l'aise, dit-il.

Les lèvres entrouvertes, elle ne bougea pas, incapable de détacher son regard de ses muscles puissants qui semblaient dorés sous la lumière tamisée.

— Vous devez comprendre, murmura-t-elle. Elana compte énormément pour moi. Elle est ma seule famille et jamais je ne la trahirai.

Tariq se figea.

— Vous ai-je demandé de le faire ?

Elle leva lentement les yeux vers lui.

— Si je vous demandais de m'embrasser, le feriez-vous ? souffla-t-elle.

Une flamme passa dans le regard du cheikh.

— Je ne peux vous le demander, ajouta-t-elle. C'est ce que j'essaie de vous dire.

— Je ne suis pas fiancé à Elana, vous savez.

— Mais c'est votre intention.

Il baissa la tête.

— Peut-être...

Le cœur d'Éloise s'emballa tandis qu'un espoir honteux naissait dans son esprit. Elle se détesta de le ressentir.

— Peut-être dans le futur, reprit-il. Mais nous sommes là, maintenant.

Elle secoua la tête.

— Vous savez comme moi que ce n'est qu'un détail technique.

— Dans ce cas, dites-moi, je vous prie, fit-il doucement. Si le projet de mariage se concrétise, celui-ci n'aura pas lieu avant, disons, six mois. Pensez-vous que je vais rester célibataire durant cette période ?

Elle cessa de respirer, sans doute plus blessée par ses paroles qu'il ne l'avait voulu.

— Vous avez promis de lui être fidèle, murmura-t-elle.

— Et dès que j'aurai prononcé mes vœux, je le serai. En attendant, je me considère comme libre.

— Pas moi ! s'exclama-t-elle. Et même si j'étais d'accord avec vous, cela ne signifierait pas que je sois libre de mon côté de...

Elle s'interrompit et prit une grande inspiration.

— Et puis, si c'est vrai, vous n'avez qu'à attendre demain et coucher avec une autre, reprit-elle d'une voix tremblante.

— Je ne veux pas de quelqu'un d'autre. Je n'ai envie que de vous.

Son aveu plana entre eux tandis qu'un silence électrique s'installait dans la pièce.

— J'ai envie de vous, répéta-t-il avec une détermination féroce.

J'aurais aimé que ce ne soit pas le cas. J'ai essayé de combattre ce désir, de le contrôler, mais il est là. En moi, ajouta-t-il en posant une main sur son cœur. J'ignore quel tour de magie vous m'avez joué mais je suis incapable de vous sortir de mon esprit. Vous êtes dans mes pensées et dans mes rêves en permanence. J'ai envie d'être avec vous, Éloise.

C'étaient les mots qu'elle avait désespérément voulu entendre mais c'étaient aussi ceux qui la séparaient de lui. Elle fit un pas en arrière pour se donner du courage.

— Vous voulez être avec moi parce que vous êtes célibataire, fit-elle en secouant la tête. Mais vous ne vous souciez pas de moi, ni de la bombe que vous feriez exploser dans ma vie. Comment pourrais-je regarder Elana à nouveau ? Lui conseiller de vous épouser ? Et si elle devenait votre femme, comment mon amitié avec elle pourrait-elle perdurer ? Vous ne voyez pas ce que vous me demandez de faire ? La trahir. L'abandonner.

— Mais qu'obtiendriez-vous en retour ?

— Que m'offrez-vous ? lança-t-elle d'une voix vibrante de colère. Une nuit avec vous ? Deux ? Une liaison secrète et honteuse dont aucun de nous ne pourra parler. Et pour cela, vous vous attendriez à ce que je trahisse ma plus chère amie ?

Il soupira.

— Je vous demande...

Il s'interrompit quelques secondes.

— J'espérais qu'en passant du temps avec vous, cette fièvre s'atténuerait. Ce n'est pas le cas. Plus je vous vois, plus j'en ai besoin.

Elle aurait voulu s'imprégner de ses paroles et s'abandonner à lui de tout son être mais elle était terrifiée par les conséquences que cela aurait sur son existence.

— Vous êtes célibataire, murmura-t-elle en secouant la tête. Choisissez quelqu'un d'autre. Ce que vous suggérez est absurde. Et tellement faux...

Il réduisit l'espace entre eux et lui saisit les bras, l'attirant à lui jusqu'à ce que leurs corps soient serrés et leurs visages, à quelques centimètres l'un de l'autre.

— Est-ce que cela vous semble absurde et faux, *habibi* ?

Elle tremblait si fort qu'elle aurait perdu l'équilibre s'il ne l'avait pas tenue.

— Voulez-vous que je vous laisse partir ?

Dis-lui oui. Dis-lui d'arrêter.

— Tariq, gémit-elle le cœur battant en fermant les yeux. Je ne peux pas...

Et pourtant, elle se cambra contre lui, désespérée de le toucher. En sentant son sexe dur venir se presser contre elle, elle étouffa un sanglot.

— Je sais, admit-il doucement en baissant la tête pour que leurs fronts se touchent et leurs souffles se mêlent. Et ça me donne encore plus envie de toi.

Elle prit une grande inspiration pour s'enivrer de son parfum viril avant qu'il ne la lâche et s'écarte doucement.

— Va te coucher, mon ange. Je ne te dérangerai pas. Tu as ma parole.

Ce ne fut pas seulement le bruit qui éveilla Éloise mais aussi le souvenir de ce que Tariq lui avait dit : son père et lui venaient chasser dans ces montagnes. Mais chasser quoi ?

Le son qui provenait de l'extérieur de sa fenêtre était pourtant sans équivoque. C'était un animal. Suffisamment puissant pour casser la branche d'un arbre.

Le cœur battant, elle se redressa sur son lit et jeta un regard à la fenêtre puis à la porte. Elle repoussa la couverture sans se soucier du fait qu'elle n'était vêtue que de la tunique ample que Tariq lui avait prêtée. Celle-ci était bien trop grande pour elle et tombait sur une de ses épaules, dévoilant une partie de son bras ainsi que le haut de sa poitrine.

Elle se précipita jusqu'à la porte et l'ouvrit. Tariq était réveillé. Il se tenait face à la fenêtre de la cuisine.

— Qu'est-ce que c'est ? s'écria Éloise, terrifiée.

Il lui lança un regard par-dessus son épaule avant de porter à nouveau son attention sur l'extérieur. Puis, il lui fit signe sans un mot de le rejoindre. Ce n'est qu'alors qu'elle remarqua le fusil posé à côté de lui.

— Venez voir, murmura-t-il.

Soudain, toute sa peur s'évapora, et elle sut que ce n'était pas à cause de l'arme mais de l'assurance tranquille et de la puissance que dégageait Tariq. Elle eut le sentiment que s'il l'avait voulu, il aurait pu vaincre un tigre ou un ours à mains nues.

Elle regarda à travers la vitre mais, bien qu'ils ne soient éclairés que d'une bougie, son reflet l'empêcha de distinguer dehors.

— Vous permettez que j'éteigne ? demanda-t-elle.

Il acquiesça et elle souffla sur la chandelle, les plongeant dans le noir. Tout à coup, elle eut l'impression d'entendre battre le cœur de Tariq et elle eut le sentiment d'être plongée dans un rêve.

— Écoutez, là-bas, dit-il à voix basse en se déplaçant dans son dos et en levant une main pour guider son regard, mais toute l'attention d'Éloise était maintenant focalisée sur sa proximité envoûtante avec lui.

Elle s'efforça de contenir son souffle court et les battements fous de son cœur.

— Que suis-je censée voir ?

— Là-bas, répéta-t-il doucement dans son cou et elle fit un effort surhumain pour se concentrer sur la vue à travers la fenêtre.

Tout à coup, elle aperçut deux diamants qui brillaient dans la clairière.

— Des yeux ! s'exclama-t-elle.

— Des yeux de léopard, précisa-t-il d'un ton calme.

— Un vrai léopard, ici ?

Il hocha la tête et leurs joues se frôlèrent. Elle ferma les yeux, savourant cette sensation exquise.

— Un léopard d'Arabie, une espèce menacée. Cette région est un sanctuaire pour ces félins qui peuvent s'y reproduire sans crainte.

— Il y en a beaucoup ?

— Pas assez encore mais la population croît un peu plus chaque année.

Elle frissonna.

— Et vous n'avez pas pensé à me prévenir ?

— Il ne peut pas entrer dans le chalet. Vous êtes parfaitement en sécurité.

— Et s'il en est encore là demain matin ?

— Il sera parti.

— Je vous trouve un peu trop confiant, fit-elle en se retournant.

Quelle erreur… leurs visages étaient maintenant si proches que leurs lèvres manquèrent de s'effleurer.

Éloise voulut reculer et elle se cogna sur le banc de la cuisine.

— Est-ce que le léopard vous a réveillé ? demanda-t-elle pour se donner une contenance.

— Je ne dormais pas.

— Il est 2 heures du matin.

— Je n'étais pas fatigué.

Pensait-il à elle ? Elle aurait aimé ne pas l'espérer autant.

— Et maintenant, je suis parfaitement réveillé, reprit-il.

Ils se regardèrent longuement dans la pénombre. Chaque respiration était douloureuse. Chaque seconde où elle lui résistait, une agonie.

Elle entendit le son familier d'une allumette et ils furent à nouveau éclairés de la bougie. Les yeux de Tariq étaient rivés aux siens. Il l'étudiait comme s'il cherchait une réponse et elle se contenta de soutenir son regard, plus troublée que jamais.

Il tendit lentement la main sans la quitter des yeux et la posa doucement sur son épaule nue avant de tirer délicatement sur la tunique pour la remettre en place.

— Elle est trop grande pour moi, murmura Éloise comme s'il avait besoin d'une explication.

Tariq baissa la tête et s'approcha encore plus près.

— Si vous n'étiez pas la conseillère d'Elana, quel métier feriez-vous ?

— Je ne sais pas, souffla-t-elle.

— Il doit bien y avoir quelque chose que vous aimez faire ?

— Quand j'étais petite, je rêvais d'être une danseuse.

— C'est vrai que vous êtes très gracieuse.

Elle sourit doucement.

— J'adorais ça. Je passais des heures à danser tous les jours. Je pense que ça devait être une façon de m'évader.

— Pourquoi ne pas être devenue ballerine ?

— Quand mes parents sont morts, j'ai été élevée par ma grand-tante et elle n'a pas voulu que je continue.

— Donc pas de danse, ni d'équitation... quel manque de goût de sa part ! fit-il d'un ton léger, mais elle vit une lueur de désapprobation dans son regard.

— Je sais, répondit Éloise en souriant.

Il posa à nouveau une main sur son épaule.

— Vous auriez dû avoir le droit de continuer.

— Je l'ai fait en cachette dans ma chambre.

— J'aimerais vous voir danser.

— Arrêtez, Tariq, murmura-t-elle en s'efforçant de contenir les larmes qui affluaient à ses yeux.

— De quoi ? De vous dire la vérité ?

— Ce n'est *pas* la vérité. C'est un rêve d'enfant. J'en suis sortie et j'ai étudié le droit et l'économie. J'ai obtenu mes diplômes avec mention. Je suis passée à autre chose.

La main du cheikh descendit doucement jusqu'à sa taille où elle resta un instant, et Éloise frémit tant ce contact était merveilleux.

— Conseiller la princesse de Ras Sarat est une tâche très noble mais qu'en est-il de vos rêves et de votre existence ?

— Et si cela me convenait ?

— Vous valez mieux que cela.

— Ne faites pas ça ! s'exclama-t-elle d'une petite voix brisée.

Ne dévalorisez pas ce que je suis et ce que je fais. J'aime ma vie, ajouta-t-elle en se redressant, et la tunique glissa à nouveau sur son épaule, dévoilant sa peau blanche et lisse.

Il resta silencieux un long moment puis, très lentement, il pencha la tête et déposa un petit baiser à la base son cou. Elle eut le sentiment d'avoir été frappée par un éclair et elle s'agrippa à la chemise de Tariq pour ne pas perdre l'équilibre.

— Dans ce cas, je suis heureux, murmura-t-il avant de s'écarter doucement. Pour une raison que je ne m'explique pas, votre bonheur compte désormais beaucoup pour moi. J'aime penser que tous vos rêves s'accomplissent.

Comment lui avouer qu'elle n'aurait *jamais* ce dont elle rêvait car c'était impossible.

Sa meilleure amie allait épouser l'homme dont elle était tombée éperdument amoureuse et, contre cela, elle ne pouvait rien.

9

Quand Tariq parvint enfin à s'endormir, il fit le même cauchemar que celui qui le tourmentait depuis des années. Il se noyait, incapable de respirer. Mais c'était pire cette fois car, non loin de lui, il y avait Éloise. Elle aussi luttait contre les flots et il n'arrivait pas à la rejoindre malgré tous ses efforts. Ses poumons le brûlaient et il avait le sentiment que ses jambes étaient lestées de plomb. Il tenta de nager vers elle mais elle disparut. Il plongea à sa recherche, fou de douleur. En vain. Elle n'était nulle part.

Il se réveilla le cœur battant tandis que les événements de la veille lui revenaient en mémoire. Le glissement de terrain, leur refuge dans la cabane, le désir insensé qu'il avait eu d'elle, les barrières qu'elle n'avait cessé d'ériger entre eux. Puis, le léopard, la douceur de l'épaule d'Éloise quand il y avait posé ses lèvres, son corps frémissant qui s'était cambré contre le sien, sa chaleur.

La jeune femme lui était totalement interdite alors qu'il ne rêvait que d'une chose, la posséder entièrement.

Cela le guérirait-il pour autant de son obsession pour elle ?

Sans doute pas. C'était plus que du désir. Tout chez elle le fascinait.

Il aurait pu insister, mais le visage d'Éloise, quand elle l'avait supplié de comprendre qu'elle ne pouvait pas trahir son amie, l'avait convaincu de se retenir.

Si elle comptait pour lui, il devait la protéger de sa faiblesse. Il devait se montrer fort et il le ferait. Avant tout, il était le cheikh

Tariq al-Hassan, souverain glorieux de Savisia. Il pouvait tout contrôler. Cela comme le reste.

Éloise se vêtit avec soin et plia la tunique sur le lit avant de quitter la chambre. Les souvenirs de la veille et du baiser furtif que Tariq avait déposé sur son cou avaient hanté ses rêves toute la nuit.

Elle attacha ses cheveux en une queue-de-cheval lâche et entra dans le salon. Le cheikh était réveillé et un parfum de café et de pâtisseries flottait dans la cuisine.

— Bonjour, dit-il.

Il avait remis sa djellaba, et elle rougit en se rappelant la vision de son torse nu et puissant.

— Il y a du café sur la cuisinière et des petits pains aux pistaches, reprit-il en levant les yeux vers elle. Mes gardes du corps seront là d'ici une dizaine de minutes.

— Dix minutes ? s'exclama-t-elle, sans parvenir à cacher sa déception. Je suis surprise qu'ils aient réussi à dégager la route aussi vite.

— Apparemment, l'idée que leur cheikh puisse être bloqué dans une cabane a suffi à les motiver.

Soudain, une idée désagréable et gênante lui vint à l'esprit.

— Tariq, murmura-t-elle en détournant le regard. Quand ils nous verront ici, ne vont-ils pas penser que...

— Non, déclara celui-ci d'un ton ferme et assuré. Ils savent que je suis un homme d'honneur. Personne ne pensera quoi que ce soit.

Éloise ne put réprimer un sourire ambivalent.

— Et pourtant cela aurait pu...

— Non, répéta-t-il. Aucun de nous ne l'aurait laissé faire.

Elle lui lança un regard furtif. S'il savait comme elle avait envie de s'allonger avec lui sur ce canapé en cet instant et de le supplier de l'embrasser...

— Mais, s'ils pensent que...

— Ils ne penseront rien, coupa-t-il. Et même si c'était le cas, jamais ils n'oseraient en parler. Ma garde rapprochée est constituée de militaires expérimentés. Leur discrétion est garantie.

Elle entrouvrit les lèvres mais n'ajouta rien, priant pour qu'il ait raison. Il ne faudrait pas qu'une rumeur quelconque parvienne aux oreilles d'Elana. Ce serait trop difficile à expliquer et elle ne voulait pas risquer de blesser son amie.

— Est-ce que nous retournons dans la capitale aujourd'hui ?

— Oui. En ce qui me concerne, mon jet m'attend à l'aéroport, prêt à décoller. Un membre de mon escorte vous conduira en voiture. Le trajet devrait vous prendre une bonne partie de la journée.

Elle le regarda, le cœur serré.

Comment lui avouer qu'elle aurait préféré affronter sa peur en avion si cela lui permettait de passer une heure de plus en sa compagnie ?

— Je vous remercie, murmura-t-elle en détournant le regard.

Il sirota son café et la regarda quelques instants en silence.

— J'ai donné des instructions pour que les négociations de mariage reprennent dès demain, annonça-t-il d'un ton froid.

Éloise savait qu'il n'avait pas eu l'intention de se montrer cruel, et pourtant elle eut le sentiment d'avoir été transpercée par une lame. Elle pâlit et fit un pas en avant, ses doigts appuyés sur la table de la cuisine pour se soutenir. Il s'éloignait d'elle comme si l'intimité qu'ils avaient partagée n'avait jamais existé. Comme si elle était... une étrangère.

— Tariq, que se passe-t-il ?

Il plongea ses yeux dans les siens.

— Que voulez-vous dire ?

— Vous êtes tellement...

Elle s'interrompit, ne sachant comment finir sa phrase. Et si elle s'était trompée depuis le début ? Peut-être n'avait-il fait que flirter avec elle pour s'amuser. Et si tout cela n'avait été qu'un mensonge ?

Au fond, cette distance qu'il mettait à présent entre eux était salutaire, car Éloise aussi en avait grand besoin. Elle leva la tête vers lui et prit une grande inspiration.

— Vous avez raison, déclara-t-elle d'une voix qu'elle espéra être la plus ferme possible. C'est mieux ainsi.

L'espace d'une seconde, elle crut voir briller une lueur de surprise dans le regard qu'il lui lança mais, très vite, il reprit son air impassible et hocha la tête.

Le cœur serré, Éloise se dirigea vers la cuisine et se servit un café mais elle n'eut le temps d'en boire qu'une gorgée car deux 4x4 couverts de poussières firent irruption sur le chemin et se garèrent en hâte devant la cabane. Six hommes en uniforme en sortirent et s'avancèrent jusqu'à la porte.

— La cavalerie est arrivée, murmura-t-elle en jetant un coup d'œil par-dessus son épaule, mais Tariq ne sembla pas l'avoir entendue.

Il s'empressa d'ouvrir la porte et sortit, sans un regard pour elle.

Le lendemain matin, encore fatiguée par son voyage, Éloise prit place à la table des négociations au centre de laquelle trônait le cheikh. Elle écouta les conseillers exposer les détails des accords financiers et commerciaux qu'impliquerait le mariage.

Elle regardait Tariq plus souvent qu'elle ne l'aurait voulu, cherchant désespérément à attirer son attention. En vain. C'était comme s'ils ne s'étaient jamais rencontrés. Comme si elle avait été n'importe quel autre membre de la délégation de Ras Sarat. Cela lui causait une peine infinie.

La réunion se prolongea jusque dans l'après-midi, et Éloise se força à rester assise et à adopter une attitude digne malgré la souffrance qu'elle ressentait. À un moment donné, elle leva une main pour masser distraitement sa nuque douloureuse et c'est alors qu'elle remarqua que le cheikh ne perdait rien de son geste. Il l'observa longuement, les yeux plissés, sans qu'elle puisse lire quoi que ce soit dans son regard mais cela suffit à la troubler profondément. Elle baissa les yeux vers la table et une vague de chaleur la gagna. Elle devait sûrement être rouge comme une pivoine. Très gênée, elle passa le reste de la réunion aussi immobile que si elle avait été changée en statue de pierre.

La journée avait été longue, et Tariq était à bout de patience. Il faisait ce qu'il pouvait pour ignorer Éloise, mais c'était un véritable enfer. Pas une fois elle n'avait pris la parole, alors même qu'il rêvait d'entendre le son de sa voix. Elle était restée résolument silencieuse, se contentant de prendre des notes ou de froncer les sourcils quand elle semblait ne pas être d'accord avec une décision. Il fut soudain pris de haine vis-à-vis de ce devoir qui lui incombait. De colère aussi pour cette loyauté si tenace qu'exprimait la jeune femme à l'égard d'une amie qu'il connaissait à peine.

Ils savaient tous deux qu'il épouserait Elana, mais pourquoi ne pas décider d'être ensemble entre-temps ? Il connaissait la réponse à cette question bien sûr, mais il ne parvenait pas à faire taire cette petite voix dans sa tête qui lui disait d'envoyer au diable ses devoirs et ses obligations : Éloise était là. Il pouvait l'atteindre et la saisir. La caresser et l'embrasser jusqu'à ce qu'elle le supplie de lui faire l'amour.

Et ensuite ?

Elle se réveillerait et le haïrait pour toujours.

Même s'il savait qu'il était capable de vaincre les défenses de la jeune femme, Tariq ne s'abaisserait jamais à ça.

Elle devait venir à lui de sa propre volonté.

Le désir qu'elle éprouvait devait surpasser ses obligations.

Sinon, elle le regretterait toute sa vie.

Mais cette journée de négociations lui prouva à quel point Éloise était forte, et déterminée à tenir sa parole, même s'il savait qu'elle souffrait autant que lui. Il le sentait.

Son destin le poussait à épouser la princesse de Ras Sarat et il s'y résoudrait. Peu importait qu'il souhaite au plus profond de son être un tout autre avenir.

Le lendemain matin, alors qu'il se préparait à se rendre à la salle de réunion, Tariq reçut un appel de son secrétaire particulier.

— Je vous écoute, déclara-t-il en avalant une gorgée de café brûlant.

— J'ai une requête intéressante à vous soumettre, Votre Altesse.

— Laquelle ?

— Avez-vous déjà entendu parler de Graciano Cortéz ?

— Le promoteur immobilier espagnol ? Bien sûr.

— Eh bien, il se trouve qu'il est impliqué dans de vastes projets de développement à Savisia. Il est sur le point d'acquérir de nombreux terrains dans l'objectif de les convertir en hôtels de luxe et il souhaiterait vous rencontrer.

— Pourquoi n'en ai-je pas entendu parler avant ?

— Tout s'est passé au cours des dernières quarante-huit heures.

Tariq ferma les yeux, essayant de ne pas penser à l'endroit où il était deux jours avant et combien il aurait donné cher pour être à nouveau seul avec Éloise dans la cabane. Au souvenir de sa peau douce et laiteuse, il ressentit une violente douleur au creux du ventre.

— Pourquoi veut-il me voir ?

— En raison de l'ampleur du projet, j'imagine. Je peux inventer une excuse…

— Non. J'aimerais connaître ses plans. Prévoyez un entretien dans la journée.

— Merci, cheikh. Bonne chance pour la suite des négociations.

Tariq raccrocha avant de quitter la pièce, plein d'une détermination nouvelle.

Il ne penserait pas à Éloise aujourd'hui. Seulement à Elana et à la nécessité de cet avenir avec elle.

— On dirait que tu fais exprès d'utiliser les mots les plus fades pour le décrire ! gémit Elana dans le combiné.

Éloise grimaça. *Fade* était bien le dernier mot qu'elle aurait employé pour qualifier Tariq.

— Pas du tout, protesta-t-elle. Je veux juste éviter de trop t'influencer avant que tu ne le voies, ce qui arrivera bien assez tôt.

— D'accord, mais toi, que ressens-tu ?

Éloise manqua de s'étouffer avec son jus de grenade.

— Rien du tout, balbutia-t-elle rapidement.

— Donc, je vais épouser un type et tu n'es même pas capable de me dire s'il est sympa, s'il a trois têtes ou si c'est un tueur en série ? reprit Elana.

— Ah si, je sais qu'il aime la chasse !

Elle soupira, soulagée en entendant son amie éclater de rire.

— Le contraire m'aurait surprise. Quoi d'autre ? insista la princesse.

— Ellie, je ne peux parler maintenant, chuchota Éloise en jetant un œil dans le couloir. Il arrive.

— Appelle-moi plus tard. Promis ?

— Promis.

Elle raccrocha, convaincue d'être la pire amie au monde. Le cœur battant, elle vit Tariq avancer dans l'allée d'un pas assuré, flanqué de chaque côté d'un membre de son cabinet. Avant d'entrer dans la salle de réunion, il lui lança un regard, et elle sentit mille étincelles la brûler. Mais très vite, il tourna la tête et s'éloigna. Elle eut l'impression qu'un manteau de glace la recouvrait et une bouffée de colère la gagna. Comment pouvait-il se détourner ainsi de… tout ce qu'ils partageaient ?

Au fond, cela ne prouvait qu'une chose : elle avait bien fait de lui résister. Il ne la désirait pas vraiment. Elle ne comptait pas. Il avait seulement eu envie de coucher avec elle et, quand elle avait refusé, il avait tourné la page, voilà tout.

Si seulement elle pouvait faire de même…

— Nous avons bien progressé ce matin, déclara Tariq quelques heures plus tard.

Il parcourut des yeux l'assemblée, s'attardant peut-être un peu plus longtemps sur Éloise, et celle-ci détourna le regard pour dissimuler son trouble.

— J'ai une autre affaire à régler. Poursuivez sans moi. Je vous rejoindrai dans l'après-midi.

Tout le monde se leva et s'inclina respectueusement tandis que le cheikh quittait la pièce. Éloise le regarda partir, consternée. Depuis ce matin-là dans la cabane, elle avait le sentiment qu'on lui avait arraché une part d'elle-même. Quelque chose de vital et d'essentiel à sa survie. Elle se rassit et tenta de se concentrer sur la reprise des discussions. En vain.

Graciano Cortéz bénéficiait d'une excellente réputation. Outre le fait qu'il était l'un des hommes les plus riches du monde, il avait eu à cœur de développer son empire en restant soucieux de l'environnement et du respect des cultures. Il mettait un point d'honneur à faire appel autant que possible à une main-d'œuvre locale. Un investissement de sa part à Savisia était sans conteste une aubaine pour le pays.

Tariq aurait donc dû se réjouir de cet entretien. Hélas, son esprit était accaparé par Éloise. Il pensait sans cesse à elle.

Il entra dans le petit salon richement orné et, après avoir jeté un œil sur les gardes, il se dirigea vers l'homme qui se tenait au centre de la pièce.

— Graciano Cortéz ? fit-il en lui tendant la main.

L'Espagnol leva les yeux vers Tariq, provoquant un moment de confusion dans l'esprit de celui-ci. S'étaient-ils déjà rencontrés ? Le regard de cet homme lui était étrangement familier.

— Votre Altesse, répondit Graciano avec un bref hochement de tête avant de lui saisir tardivement la main. Je vous remercie de m'avoir reçu.

— Je suis curieux d'en savoir plus au sujet de votre projet de développement.

— J'ai tout le programme ici, mais ce n'est pas pour cette raison que j'ai sollicité ce rendez-vous.

— Vraiment ? répondit Tariq, surpris.

Il s'écarta légèrement pour mieux contempler cet homme.

— Dans ce cas, je vous écoute, reprit-il.

Manifestement, Cortéz était préoccupé. Il arpenta la pièce d'un bout à l'autre, s'arrêta brusquement pour se passer nerveusement la main dans les cheveux, puis il se retourna lentement vers Tariq en lui lançant un regard incertain.

— Vous ne vous souvenez pas de moi.

— Le devrais-je ?

Les traits de l'autre homme exprimèrent une déception évidente.

— Non. Vous étiez trop jeune.

Le cheikh sentit l'adrénaline affluer à travers tout son corps.

— Nous sommes-nous déjà rencontrés ?

— On peut dire ça...

— Je croise beaucoup de monde, déclara Tariq après avoir marqué une pause. Vous aussi sans doute. Aurais-je dû m'en souvenir ?

Graciano eut un petit rire triste.

— Je l'avais espéré.

— Navré de vous décevoir. Maintenant, si nous revenions à votre projet ?

Les yeux de Graciano lancèrent des flammes. Il était clairement irrité.

— Je suis venu vous parler de votre famille.

Ce fut comme si Tariq avait été transpercé par une lame. Les mots semblèrent ricocher sur les murs et il eut l'impression que son cœur se fendait en deux morceaux.

Il se tourna vers ses gardes.

— Laissez-nous, ordonna-t-il.

Quand ils furent seuls dans la pièce, il leva les yeux vers Cortéz, le cœur battant.

Sans doute s'était-il trompé. Peut-être allait-il tout simplement lui parler du cheikh et de la cheikha ?

— Je vous écoute, fit-il d'un ton calme et froid.

— Que savez-vous de vos parents ?

Il se raidit.

— Mes parents sont…

— Morts, coupa doucement Graciano en lui lançant un regard étrangement chaleureux. Ils ont péri dans un accident de voiture lorsque vous étiez encore un bébé. Le saviez-vous ?

Tariq eut l'impression que son univers basculait mais il rassembla toutes ses forces pour garder une expression impassible.

— Poursuivez, je vous prie, répondit-il d'une voix neutre.

— Très bien, répliqua Graciano. Vous avez été transporté dans un hôpital, grièvement blessé. C'est un miracle que vous ayez survécu. Je crois que vos parents adoptifs vous ont vu et ont eu pitié de vous. Ils vous ont ramené ici où vous avez été soigné par les meilleurs médecins, choyé et élevé comme leur propre fils. Bien sûr, il n'avait jamais été prévu que vous accédiez au trône. Ils vous aimaient, tout simplement, et ont voulu vous offrir une vie meilleure. Ai-je raison ?

Tariq fronça les sourcils. À sa connaissance, seules quatre personnes étaient au courant de cette histoire : sa mère, lui-même, le médecin espagnol et le Premier ministre de Savisia.

— Tenteriez-vous de me faire chanter d'une manière ou d'une autre ? demanda-t-il, étonné, car pour lui Graciano Cortéz était un homme intègre.

— Vous faire chanter ? Pensez-vous sérieusement que… Mais dans quel but ? ajouta celui-ci, l'air perplexe. Vous croyez que j'ai besoin d'argent ?

— Je l'ignore… Alors pourquoi êtes-vous ici ?

— Parce que vous n'étiez pas le seul survivant de l'accident.

Tariq ferma les yeux. Il se noyait à nouveau. Dans sa tête, une voix douloureusement familière. Sans visage. Inatteignable.

— Qui es-tu ? demanda-t-il doucement.

— Graciano Cortéz. Je suis ton frère.

Ce n'était pas vrai. C'était impossible.

— Je n'ai pas de frère, s'écria Tariq avec colère en sachant que c'était faux car, à mesure que Graciano parlait, il était frappé par de douloureux éclairs de réminiscence. Ma mère m'a dit... l'hôpital a prétendu que j'étais orphelin.

— Orphelin, oui, mais pas seul.

Tariq le dévisagea en croisant les bras sur sa large poitrine.

— Dans ce cas pourquoi avons-nous été séparés ?

— Je ne peux le dire avec certitude. Peut-être une erreur. Ou bien la généreuse donation effectuée par tes parents adoptifs en faveur de l'hôpital. Tout ce que je sais, c'est que je suis ton frère.

Son frère. Tariq gémit en baissant la tête. Il était si jeune quand l'accident s'était produit. Il ne se souvenait pas de son frère et, pourtant, il s'en souvenait. Comme un sentiment qui l'enveloppait. De familiarité, de confort et, surtout, d'amour.

— Regarde, reprit Graciano en sortant une vieille photographie de son portefeuille pour la tendre à Tariq.

Celui-ci saisit le cliché et le serra entre ses doigts, se concentrant sur l'image. Celle d'un homme et d'une femme qui le regardaient, deux enfants à leurs côtés. Un garçon maigrelet et, sur les genoux de son père, un bambin potelé et souriant. Il reconnut son propre visage ainsi que les yeux qui étaient restés hors de sa portée depuis tout ce temps. Ceux de Graciano Cortéz.

— Oh mon Dieu, s'exclama-t-il en fixant le visage de l'homme sur la photo qui était presque identique au sien.

Leurs traits étaient si semblables, leurs peaux, plus mates que celles des deux autres personnes, leurs cheveux noirs et épais.

— C'est moi...

— C'est nous, répliqua Graciano. Je t'ai cherché dès que j'en ai eu les moyens. Pendant des années. Mais je n'ai découvert la vérité que récemment.

Cela ramena Tariq au présent, à son peuple, son pays et ses devoirs.

— Comment ? Comment m'as-tu retrouvé ?

— J'ai engagé un détective privé.

— Mon adoption était un secret. Toutes les personnes impliquées ont fait de gros efforts pour cela le reste.

— Tu étais donc au courant ?

— Après le décès de mon père, il y a cinq mois, ma mère m'a avoué la vérité. Mes parents étaient en deuil en Espagne : ma mère avait fait une énième fausse couche et, lorsqu'ils m'ont vu, ils ont voulu m'aider. C'était seulement leur intention au départ. Ma mère venait à mon chevet tous les jours et puis, en me voyant si seul, elle a eu la certitude qu'elle devait me ramener à la maison. Mais elle ne m'a pas parlé de toi. Je ne peux pas croire qu'elle connaissait ton existence.

— Probablement pas, confirma Graciano en haussant les épaules. Il y avait une grosse somme d'argent en jeu et l'hôpital a peut-être tenté de me mettre à l'écart. J'ai pu venir te rendre visite une fois mais, ensuite, on me l'a interdit. À l'époque, je pensais avoir fait quelque chose de mal alors qu'en vérité ils voulaient juste nous séparer.

Tariq jura et il regarda une dernière fois la photo avant de la rendre à Graciano.

— Notre père me disait toujours que je devais prendre soin de toi et que tu étais sous ma responsabilité, reprit celui-ci avec un sourire mélancolique. Je t'adorais. Tu étais un enfant si joyeux. Dès que tu me voyais, tu tendais les mains pour que je te prenne dans mes bras.

Il rit à nouveau, et Tariq fut presque jaloux des souvenirs de cette famille qui avait été la leur.

— Quand je t'ai vu dans ton lit d'hôpital, brisé et meurtri, j'ai voulu rester avec toi mais on me l'a interdit. Depuis, je n'ai jamais cessé de penser à toi et de vouloir te retrouver.

— J'ai souvent fait des cauchemars, murmura Tariq. J'entendais une voix et, maintenant, je comprends que c'était la tienne. Je ne distinguais pas ton visage mais tu étais là. Ce rêve me hante depuis que je suis tout petit. Je croyais que c'était à cause de l'accident mais, à présent, je sais que c'était mon inconscient qui m'aidait à me rappeler. Pour te retrouver.

Graciano s'approcha de lui et ils se fixèrent quelques secondes avant de s'enlacer. Ils restèrent ainsi un long moment comme pour faire disparaître le passé et qu'il n'y ait plus que cet instant présent.

Une vague d'émotions contradictoires submergea Tariq. De l'amour, de la colère, de la frustration et, aussi, un manque de total de compréhension. Il ressentait une loyauté immense envers ses parents adoptifs, ses parents biologiques, son frère mais aussi son peuple et son royaume. Il se rappela la promesse qu'il avait faite à son défunt père de prendre soin de Savisia jusqu'à son dernier souffle. Soudain, il se rendit compte à quel point cette promesse était menacée. Car à présent, ce n'était qu'une question de temps avant que la nouvelle se répande, mettant en péril son titre de cheikh.

Cette prise de conscience renforçait l'importance de conclure cette union avec Elana, mais elle s'accompagnait d'un désespoir profond car Tariq n'avait aucune envie de ce mariage. La seule personne avec qui il voulait être était Éloise.

Tout se mit à tourbillonner dans son esprit : son passé, son présent et son futur si pesant. Il s'écarta, gardant une main enroulée autour du bras de son frère.

— Ma situation est très compliquée...

Le sourire de Graciano lui coupa le souffle. C'était exactement le sien. Tariq secoua la tête. Malgré ce chaos, découvrir qu'il avait un frère était une bénédiction.

— Je m'attendais à ce que tu dises cela.

— Puis-je compter sur ta discrétion ?

— Ai-je l'air d'un homme qui partage son intimité avec beaucoup de monde ? répliqua Graciano.

— Non, admit Tariq. Mais le sujet est néanmoins très sensible.

— J'en suis parfaitement conscient.

— Je ferai une annonce publique, reprit Tariq. Ce sera inévitable. Mais j'ai besoin d'un peu de temps. Je dois d'abord en parler à ma mère ainsi qu'à mon gouvernement.

— Naturellement. Je ne suis pas ici pour te mettre la pression. Seulement, dès que j'ai retrouvé ta trace, il a fallu que je vienne. Cela fait si longtemps que je te cherche...

— Et je suis très heureux que tu m'aies retrouvé. Est-ce que tu restes un moment à Savisia ?

— Encore une semaine, pour finaliser mon projet.

— Et ensuite ?

— Je suis basé à Londres. Mais je pourrai revenir souvent.

— Londres, fit Tariq en hochant la tête. Il y a tellement de choses que j'ignore et que j'aimerais connaître à ton sujet.

— C'est pareil pour moi.

Tariq se redressa et il jeta un regard à son frère.

— Il va me falloir quelques jours pour mettre les choses en place ici.

— Tu peux compter sur mon soutien.

10

Le choc et la joie de cette découverte se transformèrent en un sentiment plus obscur à mesure que la journée avançait et que Tariq s'efforçait de mettre de l'ordre dans ses idées. Il tenta de faire le point sur sa vie, les décisions et les actions qui l'avaient conduit à cet endroit dans l'espace et le temps. Il avait été élevé comme un Savisien et il mourrait pour son pays. Mais il était né espagnol. Il s'était cru fils unique toute sa vie et pourtant il avait un frère. Un frère qu'on lui avait enlevé et avec lequel il avait ressenti un lien immédiat.

Son avenir n'était plus entre ses mains. Il devait épouser Elana. Tout espoir de contourner ce problème s'évanouissait avec la certitude que cette nouvelle serait bientôt publique – comment pourrait-il en être autrement ? Ce n'était qu'une question de temps avant que le monde l'apprenne.

L'annonce de ses fiançailles avec la princesse héritière de Ras Sarat calmerait la hargne des traditionalistes qui exigeaient un bébé de sang royal sur le trône de Savisia.

Cela permettrait d'éviter un conflit civil.

Mais au fond, tout cela était aussi la faute de ses parents adoptifs. N'auraient-ils pas dû s'assurer qu'il n'y avait pas d'autres survivants avant de l'emmener ?

Tariq balaya l'assemblée du regard, et ses yeux se posèrent sur Éloise. Elle leva la tête vers lui et se détourna brusquement, les joues rouges et les lèvres entrouvertes.

Une vague de colère le gagna.

Soudain, il eut le sentiment de flotter sur un océan agité, sans ancre ni bateau. Il avait besoin de s'éloigner de tout cela. De ces gens. De partir très loin.

Il se leva brusquement.

— Il suffit.

La pièce devint aussitôt silencieuse.

— Nous reprendrons les discussions demain. C'est terminé pour aujourd'hui.

Un à un, les conseillers s'inclinèrent avant de quitter la salle de réunion. Éloise fut la dernière à se lever. Mais avant d'atteindre la porte, elle se retourna pour le regarder.

Tariq serra les mâchoires. En cet instant, sa colère était aussi dirigée contre elle, parce qu'il avait désespérément besoin d'elle et qu'elle lui résistait.

— Est-ce que vous allez bien ? murmura-t-elle.

Bien sûr que non. Comment pourrait-il aller bien ?

Il lui jeta un regard froid. Elle ferait toujours passer Elana avant lui. Même s'il savait qu'elle faisait preuve de loyauté et de courage, qu'en était-il des sentiments qu'elle éprouvait à son égard ? Et de ce qu'il ressentait pour elle ?

— Pourquoi n'irais-je pas bien ?

— Vous semblez tellement...

— Vous n'êtes pas ici pour me psychanalyser, mademoiselle Ashworth, coupa-t-il. Je vous suggère de retourner dans votre chambre et de continuer à vous entretenir avec votre amie.

Elle tressaillit, et la souffrance qu'il lut dans ses yeux le transperça douloureusement. Il lui infligeait cela alors qu'elle était entièrement innocente. Il savait que sa colère était déraisonnable mais, bon sang, s'ils ne pouvaient pas faire l'amour, autant faire la guerre. Mieux valait des étincelles de colère avec elle que rien du tout.

— Très bien, Votre Altesse, dit-elle d'une petite voix avant d'effectuer une légère révérence avec sa grâce de danseuse.

Puis elle quitta la pièce et il s'appuya à la table en baissant la tête, convaincu d'avoir atteint le plus bas niveau qui soit.

Il avait voulu la blesser.

Pourquoi ?

Qu'est-ce que cela avait apporté ?

Alors qu'il la désirait avec chaque cellule de son corps, il avait érigé encore plus de barrières entre eux.

Un voile sombre le recouvrit et, soudain, Tariq releva la tête et cessa de réfléchir. Mû par son seul instinct, il se précipita vers la porte et fit irruption dans le couloir qui était désert, à l'exception de quelques membres de sa garde personnelle. Il regarda à droite et à gauche, à la recherche de sa silhouette familière mais ne l'aperçut pas. Il prit à gauche et finit par la repérer au détour d'une allée. Elle marchait lentement, tête baissée. Il arriva rapidement à sa hauteur mais n'osa pas la toucher.

— Viendriez-vous avec moi ?

Éloise s'immobilisa sans le regarder.

— Pour aller où ? fit-elle d'une voix triste et résignée, et alors il comprit qu'elle le suivrait n'importe où, quel qu'en soit le prix.

Bon sang, comme il aurait aimé être plus fort et la libérer de cet enfer dans lequel ils se trouvaient tous les deux. Mais à présent, ses besoins l'emportaient sur tout le reste.

— Dans le désert, dit-il en penchant son visage à quelques centimètres d'elle. Mais je vous préviens, *habibi*, je ne suis plus en mesure d'honorer la promesse que je vous ai faite.

Éloise sursauta, les yeux écarquillés et le visage pâle.

— Tariq, que se passe-t-il ?

— Viendrez-vous ?

Les lèvres entrouvertes, elle chancela légèrement et le regarda sans un mot. Il patienta, les nerfs à rude épreuve, puis décida de la mettre au défi. Il se retourna, prit le couloir en sens inverse et s'éloigna d'elle sans se retourner, priant de tout son être pour qu'elle le suive.

Éloise le retrouva dans les écuries, essoufflée d'avoir couru, les genoux vacillants et le cœur brisé. Mais surtout, elle débordait d'inquiétude. Il était évident que le cheikh avait atteint un point de rupture et elle ne savait pas pourquoi.

— Tariq, attendez ! s'exclama-t-elle, indifférente aux regards intrigués que lui lançaient les palefreniers en l'entendant s'adresser à leur cheikh comme s'il était n'importe quel homme.

Ce dernier adressa un bref signe de tête aux domestiques, qui sortirent des écuries, les laissant seuls.

— Que s'est-il passé ? reprit-elle.

Tariq ouvrit le box de son cheval, qui sortit en poussant un hennissement puissant.

— Est-ce que vous venez ?

— C'est de la folie...

— Je pars maintenant.

— Attendez, supplia-t-elle. Ce n'est pas juste.

— C'est vrai. Quelle est votre décision, Éloise ?

— Vous ne pouvez pas me faire ça...

— *Vous* faire ça ? Et que diable pensez-vous que ça me fait à *moi* ?

Elle tressaillit.

— J'espère que vous savez ce que vous faites, marmonna-t-elle en jetant un regard méfiant à l'étalon.

Il croisa les bras en l'observant.

— Qu'est-ce que cela veut dire ?

— Eh bien, je ne peux pas monter là-dessus toute seule.

Il lui lança un regard comme une flamme et, en l'espace d'une seconde, il la souleva dans ses bras pour la déposer sur le cheval. La seconde suivante, il était dans son dos et donnait des coups de talon dans les flancs de Bahira qui bondit hors des écuries et partit au galop. Ils chevauchaient si vite qu'Éloise s'accrocha à la crinière pour ne pas perdre la vie. Mais elle savait qu'elle ne courait aucun danger. Pas avec le bras de Tariq autour de sa taille, qui la plaquait contre lui. Elle devinait qu'il avait besoin d'elle, tout autant qu'il avait besoin du désert, de sa liberté et de s'éloigner du palais et des négociations du mariage.

Le cœur d'Éloise se serra en pensant à son amitié avec Elana et à la décision qu'elle venait de prendre. Comme s'il le sentait, Tariq se pencha plus près d'elle, et tous ses doutes s'envolèrent. Ce qu'il y avait entre eux était plus fort. Le destin exigeait d'eux ce qu'ils faisaient en cet instant. Et ce fut un soulagement pour elle de lâcher prise et de s'abandonner à lui.

Ils chevauchaient comme le vent. Le sable leur fouettait le visage mais ni l'un ni l'autre ne s'en souciaient. Ils galopèrent jusqu'au rocher près du petit ruisseau, sentant le soleil de l'après-midi leur réchauffer le dos. Arrivé près de l'eau, Tariq arrêta Bahira et il prit quelques instants pour respirer. Mais il ne devait surtout pas réfléchir.

Il n'y avait qu'une chose à faire pour aller mieux. Pas pour de bon mais au moins pour le moment, et c'était suffisant.

Il sauta de cheval et prit Éloise dans ses bras pour la faire descendre à son tour, puis il la guida vers les grands rochers plats en pente douce qui surplombaient le ruisseau. Il avançait rapidement, sûr de lui sur ce terrain qu'il avait arpenté si souvent. Là, il se tourna vers elle et expira lentement dans la brise légère.

Elle leva son visage vers lui, si calme et confiante qu'il ne put réprimer un grognement.

— Va au diable ! fit-il doucement en secouant la tête.

Pourquoi, entre toutes les femmes, fallait-il qu'il la désire *elle* et seulement elle ? Pourquoi maintenant ? S'ils s'étaient rencontrés quelques années auparavant, quand son père était encore en vie, quand la vérité sur sa naissance n'était pas encore connue, la situation aurait pu être si différente.

— Toi aussi ! répondit-elle en posant ses mains sur son torse pour le repousser. Va au diable, murmura-t-elle.

Il lui attrapa les poignets et les maintint contre lui. Elle haletait et il sentit dans chaque particule de son corps qu'elle éprouvait exactement la même chose que lui.

— Je dois l'épouser, dit-il faiblement.

Une larme brilla sur les cils d'Éloise et glissa le long de sa joue. Tariq regarda la trace argentée qu'elle laissait sur son visage et il se maudit. Il porterait toujours en lui le chagrin de la jeune femme.

— Je sais, dit-elle doucement.

— Mais si nous… je le regretterai toute ma vie…

Elle sanglota en hochant la tête et enroula ses mains dans l'étoffe de sa djellaba.

— Je sais, répéta-t-elle en tremblant. Moi aussi.

C'est tout ce qu'il avait besoin de savoir.

— Pas de regrets, d'accord ? dit-il en la fixant.

— D'accord, chuchota-t-elle en laissant les larmes couler.

Alors, il l'embrassa, durement et passionnément, plein de toutes les émotions sombres qui tourbillonnaient en lui. Des sentiments qui allaient au-delà du désir, qui étaient enfouis dans les zones les plus profondes de son âme.

Il goûta le sel de ses larmes et fit tout ce qu'il put pour chasser le chagrin du cœur d'Éloise, afin qu'il ne reste plus que le plaisir.

Ils se déshabillèrent frénétiquement, avides de retrouver la peau de l'autre, et il l'allongea au sol en ayant pris soin d'étaler sa djellaba sur la pierre froide. Elle se souleva sur les coudes pour chercher sa bouche et mieux lui rendre ses baisers.

— Va au diable, gémit-il mais ce n'était pas contre elle qu'il était en colère mais contre le reste du monde.

Plus rien n'avait d'importance. Pas quand le corps tendre de la jeune femme frémissait sous le sien et que ses longues jambes s'écartaient, l'invitant silencieusement à la prendre, à plonger en elle. Comment résister ? Comment ne pas vivre ce moment de perfection absolue ? Le désir qu'il avait ressenti dès le premier jour et qui n'avait cessé de croître était tel que, lorsqu'il la pénétra enfin, il crut exploser de plaisir. Il dut fournir un effort monumental pour se contrôler et se retenir, alors que le corps d'Éloise se contractait autour de lui et l'accueillait dans un gémissement de bonheur infini.

Elle enfonça ses ongles dans son dos et cria son nom, remplissant le ciel de cet après-midi de la preuve de leur folie. Il l'embrassa plus fort, goûtant ce plaisir inouï qui montait en eux à mesure qu'il se mettait à bouger en elle.

Il cherchait son abandon total, l'aveu qu'elle était entièrement à lui et qu'elle le resterait à jamais. Quelle ordure il était... Même dans ce moment extraordinaire, il comprenait à quel point il était cruel d'exiger cela d'Éloise, alors même qu'il allait en épouser une autre.

C'était injuste et, pourtant, c'était son instinct qui parlait, et contre cela il ne pouvait rien.

Étrangement, il était conscient d'accomplir en ce moment même ce pour quoi il était né.

— Tariq, gémit-elle en se cambrant. J'ai... besoin de...

Il savait exactement ce dont elle avait besoin. Il la comprenait du plus profond de son âme. Et il fit des va-et-vient de plus en plus profonds en elle pour faire monter son plaisir jusqu'à ce qu'elle tremble et s'effondre d'extase en hurlant. Puis il passa sa bouche sur sa peau, l'effleurant, la goûtant, la tourmentant pour la ramener au bord du gouffre, encore et encore jusqu'à la quatrième fois où, n'y tenant plus, il la rejoignit dans un orgasme surpuissant en la serrant contre lui pour réduire le moindre espace entre eux. Et ils trouvèrent la libération ultime en ne faisant plus qu'un.

— Que s'est-il passé, Tariq ? demanda Éloise en se dégageant légèrement pour le regarder.

— N'est-ce pas évident ? répondit-il en lui souriant.

Elle ne tint pas compte de sa réponse désinvolte et posa doucement sa main sur sa joue.

— Pourquoi étais-tu si bouleversé ?

Tariq n'était pas à elle, même si, maintenant qu'elle avait fait l'amour avec lui, tous ses repères avaient été pulvérisés. Elle était à la dérive mais, pour le peu de temps qu'il lui restait, il était là et elle comptait en profiter au maximum.

Il soupira et roula sur le dos avant de la ramener contre lui et d'attraper sa chemise pour les recouvrir un peu.

Malgré la gravité de leur situation, elle sourit, car elle était consciente de vivre l'un des instants les plus merveilleux de sa vie.

— Quand je n'étais qu'un bébé, j'ai eu un grave accident de voiture, déclara Tariq à voix basse.

Éloise se redressa et posa son menton sur son torse pour mieux le voir.

— Mon corps était entièrement brisé. Les médecins pensaient que j'allais mourir.

Elle frémit à l'idée de ce qui aurait pu arriver.

— Mon rétablissement a été lent. Il n'était pas certain que je retrouverais ma mobilité et ma force, mais il s'est révélé que les médecins se trompaient. J'ai réappris à marcher, puis à courir. Mon père était déterminé à ce que je sois fort. Bien plus fort que quiconque. Il voulait que je sois incassable.

Elle écouta les battements de son cœur et sut qu'il disait vrai : le cheikh Tariq al-Hassan avait été reconstruit. Il était tout ce qu'il venait de décrire.

— Il m'a appris à monter à cheval, à nager des kilomètres, à parcourir ce désert, à escalader ces montagnes et à déplacer des rochers à mains nues. Il m'a appris à pêcher, à chasser, à endurer la douleur et à supporter à peu près tout.

Elle hocha la tête en signe de compréhension.

— Il existe une légende sur les cheikhs de ce pays. Elle dit que l'acier coule dans notre sang, ce qui nous rend plus puissants que le commun des mortels. Nous serions nés de guerriers, destinés à gouverner sur le trône avec un engagement inébranlable envers ce qui est juste. Je fais partie d'une lignée d'hommes tels que moi, ajouta-t-il avant de plonger ses yeux dans ceux d'Éloise. Le problème, c'est que je ne suis pas l'un d'entre eux.

Elle fronça les sourcils.

— Je ne comprends pas.

— Ce n'est qu'à la mort de mon père que j'ai appris la vérité. Il ne voulait pas que je le sache, mais ma mère n'a pas supporté de garder ce secret.

— Quelle vérité ?

Tariq marqua une pause.

— J'ai été adopté en Espagne, Éloise. Mes parents biologiques sont morts dans l'accident qui m'a si gravement blessé. Jusqu'à aujourd'hui, je croyais que j'étais le seul survivant de ma famille.

Il s'interrompit, et elle se rapprocha un peu plus de lui.

— Que s'est-il passé cet après-midi ? insista-t-elle.

— Mon frère biologique est venu me voir.

Elle poussa un murmure étouffé et porta une main à sa bouche.

— Tu as un frère ?

— Je ne me souviens pas de lui, reprit Tariq. Et pourtant, j'ai immédiatement ressenti un lien puissant avec lui.

— Et… cette nouvelle te met en colère ?

Il soupira.

— Ce n'est pas lié au fait d'avoir retrouvé mon frère, Éloise. Tu ne comprends pas ce que cela signifie ?

Elle fronça les sourcils et attendit qu'il poursuive.

— Je ne suis pas de sang royal. Ma place dans ce pays, sur ce trône, repose sur un mensonge.

Elle secoua la tête, totalement opposée à cette affirmation.

— Tu n'es peut-être pas le fils biologique du défunt cheikh mais tu es son fils, indiscutablement. Tu es fort, puissant et bon. Tu as tout ce qu'il faut pour assumer un rôle comme le tien. Toutes les qualités requises selon vos coutumes.

— Je ne suis pas de lignée royale, répéta-t-il.

Et soudain, elle comprit.

— Mais Elana l'est, dit-elle faiblement. C'est pourquoi tu as proposé ce mariage.

— Non seulement c'est une princesse mais, il y a plusieurs générations, nos lignées étaient communes. Le fait de voir son héritier trôner à Savisia permettrait d'éliminer toute contestation et, surtout, de réparer l'erreur commise par mes parents.

— Tout ce que tes parents ont fait, c'est sauver un petit garçon qui en avait besoin.

Il secoua la tête.

— Ils auraient dû me dire la vérité, déclara-t-il en fermant les yeux. Pendant des années, j'ai fait ce cauchemar. Ce n'est que lorsque ma mère m'a tout avoué que j'ai compris qu'il était lié à cette vie antérieure que j'avais enfouie dans mes souvenirs. Ce rêve m'a tourmenté toute ma vie alors que c'était juste mon passé qui essayait de capter ma conscience.

Éloise était bouleversée. Depuis cinq mois, la vie de Tariq avait volé en éclats et il vivait dans l'inquiétude des conséquences politiques que pourrait avoir cette situation profondément personnelle.

— Comment sais-tu qu'il y aura une crise ? demanda-t-elle doucement. Même si les gens l'apprennent...

— Ils l'apprendront. La venue de mon frère change tout. Trop de personnes sont déjà au courant. La seule solution consiste à anticiper le scandale en faisant ma propre annonce.

— Et ensuite ? Perdre ton droit à gouverner ?

— Cela ne devrait pas être le mien, légitimement, répliqua-t-il d'un ton dur. Si seulement il y avait quelqu'un d'autre...

— Tu es la personne qu'il faut pour ce rôle. Comment peux-tu même songer à t'en aller ?

— Ce n'est pas le cas, ne le comprends-tu pas ? Quel que soit mon sentiment personnel, je dois tout aux habitants de Savisia. Je ne peux pas les abandonner.

— Tu ne dois rien à personne.

— J'ai bien un lointain cousin qui pourrait prétendre à un droit au trône mais il ne serait pas un cadeau pour le peuple. En moins de dix ans, il ferait sombrer l'économie du pays. S'il y avait quelqu'un d'approprié, n'importe qui, j'abdiquerais immédiatement, mais ce n'est hélas pas le cas.

Éloise lui lança un regard ému.

— Un mariage politique avec Elana est aussi nécessaire pour elle que pour moi, reprit-il. Le royaume de Ras Sarat ne tient qu'à un fil tandis que celui de Savisia est prospère. Tout cela a du sens.

— Je sais, murmura-t-elle. C'est pourquoi tu dois l'épouser.

— Mais il y a toi, fit-il doucement. Tu ne vois pas à quel point cela complique les choses ?

— Non, gémit-elle, le cœur brisé, car les deux personnes qu'elle aimait le plus au monde auraient tout à perdre si leur union n'était pas prononcée. Nous savons tous les deux que c'est impossible.

Le silence tomba. Il était trop tôt pour entendre le chant des oiseaux nocturnes. Le soleil était encore haut dans le ciel, mais malgré la chaleur qu'il dégageait Éloise frissonna.

Tariq lui saisit la main tendrement.

— Et si tu restais à Savisia ?

Elle le regarda.

— Comment cela pourrait-il fonctionner ?

— Tu resterais pour moi, dit-il d'une voix grave et elle eut le sentiment de tomber dans un abîme sans fond.

— Et ton mariage avec Elana ?

— Ce serait uniquement pour le bien d'un héritier de sang royal. Au-delà de ça, elle ne serait rien pour moi.

Le cœur d'Éloise se brisa dans sa poitrine.

— Elle est ma meilleure amie. Comment peux-tu imaginer que je veuille cela un jour pour elle ?

— Et toi ? Que veux-tu pour toi ?

— Ceci, répondit-elle en plaquant une main contre le cœur de Tariq. Et je sais que ce que je veux le plus au monde finirait par me détruire à cause de ce que j'aurais infligé à mon amie. Je ne pourrai jamais et je pense que tu le sais.

Il jura doucement.

— Alors que feras-tu ?

— Je continuerai à servir les intérêts d'Elana depuis Ras Sarat. C'est là qu'est ma vie.

— Reste ici, Éloise, gronda-t-il. En tant qu'amie, si c'est tout ce que tu as à m'offrir.

— Ça ne marchera jamais, dit-elle d'une voix tremblante. Je t'en prie, ne gâche pas ce moment en me demandant de faire quelque chose d'impossible pour moi.

Il lui lança un regard brillant de détermination.

— Tu peux faire tout ce que tu veux. Mais tu as peur.

— Oui, admit-elle sans hésiter. Je suis terrifiée à l'idée de blesser l'amie qui m'a soutenue contre vents et marées et qui donnerait sa vie pour moi. Et pourtant je suis là, maintenant, avec toi. Ne m'en demande pas plus.

— Tu n'y penseras même pas ?

Elle hocha lentement la tête, résolue à voler quelques instants de beauté supplémentaire avec lui. Les derniers qu'elle passerait jamais en sa compagnie. Elle voulait s'en imprégner pour avoir de quoi nourrir son âme au cours des longues années à venir.

Car elle savait que son cœur appartenait à Tariq. Et qu'il battrait pour lui uniquement, jusqu'à son dernier souffle.

11

Le soleil déclina à l'horizon, doux et irisé à la fois, électrisant l'atmosphère. Les étoiles commencèrent à briller l'une après l'autre et ce fut comme si le sort s'abattait sur eux. Car ils savaient tous deux qu'il était temps de quitter le désert et de rentrer au palais.

Éloise bougea la première. Elle souleva sa tête de la poitrine de Tariq, s'efforçant de ne pas penser à l'avenir.

— Dîne avec moi, ce soir, fit-il doucement, et son ordre s'enroula autour d'elle, menaçant sa ferme résolution.

— Cela ne ferait qu'attiser les ragots, murmura-t-elle.

— Nous avons déjà dîné ensemble par le passé.

— C'est différent. Tout est différent, maintenant...

Il serra les mâchoires et ne dit plus rien.

— Parle-moi de ton frère, fit-elle pour changer de sujet en commençant à se rhabiller. Comment est-il ?

— Familier.

— Il te ressemble ?

— C'est comme si je l'avais connu toute ma vie. Sa voix, ses yeux, son sourire, font partie de moi.

— Ça a dû être incroyable de le rencontrer !

— C'était... surprenant.

Éloise le regarda se lever et s'étirer avant de se vêtir à son tour, enfilant d'abord sa chemise ample et son pantalon puis sa djellaba. Tariq plongea ses yeux dans les siens.

— Pas de regrets ? demanda-t-il.

Elle soutint son regard, le cœur chaviré.

— Aucun, répondit-elle fermement.

Il hocha la tête en signe d'approbation et ils reprirent la route du palais. Tariq arrêta son cheval là où ils s'étaient vus la première fois, à l'écart des yeux curieux. Il fit descendre doucement Éloise de Bahira.

— Attends-moi ici.

Elle fut tentée de ne pas lui obéir et de partir immédiatement mais elle n'était pas encore prête à le quitter.

En le regardant s'éloigner au trot, elle laissa échapper un petit sanglot. Une larme glissa doucement le long de sa joue. Elle l'essuya d'un revers de la main et porta son attention sur le ciel étoilé au-dessus du palais.

Quelques minutes plus tard, elle aurait été incapable de dire combien, elle sentit la main de Tariq s'enrouler autour de sa taille pour la plaquer contre lui. Elle ferma les yeux et inspira son odeur déjà si familière, consciente que son corps faisait désormais partie du sien.

— Je peux te rejoindre plus tard dans ta chambre, chuchota-t-il au creux de son oreille.

Elle se tourna dans ses bras et posa un doigt sur ses lèvres.

— Ne parlons plus de cela, Tariq. Tu sais que c'est impossible. Ce que nous avons vécu était un moment magnifique et irréel.

Elle vit passer une lueur sombre dans son regard, qui disparut rapidement.

— Très bien, n'en parlons plus pour ce soir. Mais nous en discuterons demain, d'accord ?

— D'accord, acquiesça-t-elle avec une petite voix, sachant qu'alors elle serait partie depuis longtemps.

— Auriez-vous un instant à m'accorder, mère ?

Tariq sut que la cheikha avait instantanément deviné son irritation.

Elle adressa un signe de tête à ses compagnes, accompagné d'un sourire doux et bienveillant.

— Merci mesdames, ce sera tout.

Quatre élégantes Savisiennes s'inclinèrent respectueusement avant de quitter la pièce, suivies des deux gardes qui furent également invités à sortir, laissant le cheikh seul avec sa mère.

— Mon chéri, est-ce que tu as mangé ? Il reste quelques...

— Je n'ai pas faim.

Cette colère en lui était inhabituelle. D'ailleurs, bien qu'il soit un homme très sensible, il ne se rappelait pas la dernière fois où il avait été dans un tel état. Pas depuis qu'il était enfant en tout cas. Les emportements lui avaient toujours donné l'impression d'être des émotions futiles.

— Viens t'asseoir près de moi et dis-moi ce qu'il y a.

Tariq fit les cent pas devant la cheikha avant de s'immobiliser devant elle, le regard rivé sur la fenêtre.

— Étiez-vous au courant à son sujet ?

— De qui parles-tu, mon chéri ?

— Quand vous m'avez ramené d'Espagne, saviez-vous que j'avais un frère ?

Il baissa les yeux vers sa mère pour scruter sa réaction. Manifestement, elle était dévastée par cette nouvelle.

— Ce n'est pas possible, murmura-t-elle après un long silence. On nous a assuré que tu étais le seul survivant de l'accident. Sinon, nous ne t'aurions jamais emmené. Ils nous ont dit qu'il n'y avait pas de famille d'accueil disponible et que tu serais placé dans un orphelinat à la sortie de l'hôpital. Je ne pouvais pas supporter l'idée que tu sois seul au monde. Comment pouvais-je te laisser là-bas, Tariq ?

Il serra les dents. Le simple fait d'entendre prononcer ce nom qui n'était pas celui qu'on lui avait donné à sa naissance lui faisait mal. Et pourtant, c'était bien le sien.

— On vous a menti, déclara-t-il.

— Ce n'est possible, murmura la cheikha, l'air anéanti. Dans quel but ?

— Vous étiez prêts à verser une somme considérable en échange de mon adoption rapide, n'est-ce pas ?

Elle ferma les yeux et pâlit.

— L'hôpital manquait de financements. Ton père et moi voulions les aider.

Tariq ne doutait pas un instant de leur bonne volonté.

La cheikha se leva, manifestement agitée.

— Naturellement, étant donné la place qu'avait ton père au sein de la famille royale, nous tenions à ce que tout cela se passe discrètement, admit-elle d'une voix faible.

Elle s'interrompit quelques secondes et secoua la tête avec une détresse évidente.

— Mais si j'avais su que tu avais un frère, jamais je ne t'aurais emmené avec moi. Non ce n'est pas vrai, reprit-elle. Je vous aurais emmenés tous les deux. Je l'aurais pris dans mes bras lui aussi et j'aurais pris soin de lui autant que de toi.

Elle se rapprocha doucement de Tariq.

— À l'instant où je t'ai vu dans ce lit d'hôpital, je n'ai pensé qu'à ta maman, poursuivit-elle, des sanglots dans la voix. Je lui ai fait une promesse en pensée. Je lui ai juré que je t'aimerais et que tu aurais une vie heureuse. Que je t'offrirais tout ce que sa mort l'empêchait de te donner. À partir de cet instant, Tariq, tu étais à moi. Pour toujours.

Impossible de ne pas croire ces paroles qui prouvaient sans l'ombre d'un doute que la cheikha avait agi par amour.

— Mais dans votre hâte, mon frère a été laissé pour compte et nous avons été séparés.

Elle plaqua une main contre sa bouche, horrifiée.

— Je n'en avais aucune idée. Je sais que ce doit être difficile de me croire. Nous t'avons caché cette vérité pendant si longtemps, ajouta-t-elle d'un ton de reproche, et Tariq devina que celui-ci visait son père. C'est une décision que nous avons prise par amour car nous ne voulions pas que tu te sentes différent. À quoi bon remuer le passé en te parlant de l'Espagne ?

— Hormis le fait que j'avais fondamentalement le droit de savoir qui je suis ?

— Tu as raison, admit-elle à voix basse. En grandissant, tout le monde disait que tu ressemblais à ton père mais il m'est arrivé de percevoir des expressions que je ne connaissais pas chez toi et je me suis interrogée sur ceux qui t'avaient donné la vie. Mais jamais je n'ai imaginé qu'une personne de ta famille avait pu survivre à cet accident.

— Eh bien, mon frère a survécu.

— Comment le sais-tu ?

— Parce que je l'ai rencontré cet après-midi.

Elle ouvrit grand les yeux, stupéfaite.

— Il est ici ? À Savisia ?

Il acquiesça.

— Oh ! mon chéri, dit-elle en posant une main sur la joue de son fils.

— Cela va se savoir, fit-il doucement comme pour la préparer à ce choc. Trop de gens connaissent la vérité à présent.

Elle tressaillit.

— Comment vois-tu les choses ? demanda-t-elle d'un air inquiet.

— Je préfère en subir les conséquences plutôt que de continuer à vivre dans le mensonge. Je suis prêt, maman. L'êtes-vous ?

L'aube se leva dans le désert, et la vue du ciel parut familière à Tariq, même si tous ses repères avaient volé en éclats.

Il avait rejoué maintes fois dans sa tête sa conversation avec Éloise, l'analysant sous tous les angles, tentant de donner un sens à ce que voulait la jeune femme, s'efforçant de trouver une alternative à ce qui lui semblait impossible à envisager : ne plus la voir.

Il demeurait un point sur lequel il pensait pouvoir la convaincre : la perspective qu'elle accepte de vivre à Savisia s'ils ne se touchaient plus. Il préférait l'avoir dans sa vie comme conseillère ou amie, plutôt que de la perdre complètement. Même s'il lui semblait difficile d'imaginer être près d'elle sans la désirer ; il serait capable de se discipliner.

Il était déterminé à tenir bon. Surtout maintenant que sa vie risquait à tout moment de basculer.

Il avait besoin d'elle.

À peine arrivé dans son bureau, il décrocha son téléphone.

— Faites venir Mlle Ashworth, je vous prie. Nous avons une question importante à discuter.

Il raccrocha d'un geste sec et fit les cent pas dans la pièce, plus impatient qu'il ne l'avait jamais été.

Dix minutes plus tard, on frappa à sa porte, et Tariq s'immobilisa, le cœur battant, prêt à avoir la conversation la plus importante de sa vie.

— Entrez.

Hélas, ce ne fut pas Éloise Ashworth qui franchit la porte mais Jamil, son conseiller et ami proche.

— Toi ? grommela-t-il en croisant les bras.

— Bonjour aussi, Votre Altesse, répondit Jamil avec une pointe d'humour dans la voix. Vous êtes bien matinal.

— Je n'ai pas fermé l'œil de la nuit.

— À cause des négociations du mariage ?

Tariq tressaillit. Ces mots avaient une résonance sinistre.

— Que fais-tu ici ? demanda-t-il.

— Vous avez demandé que cette femme de la délégation de Ras Sarat vous rejoigne ?

— Et tu n'es pas elle, fit remarquer Tariq d'une voix impatiente.

— Pas aux dernières nouvelles, répondit son ami en souriant, visiblement inconscient de l'irritation de son cheikh.

— Où est-elle ?

Il était tôt. Peut-être dormait-elle encore. Les domestiques n'avaient-ils pas osé la réveiller ? Sur ordre du cheikh, c'était peu probable...

— Elle est partie hier soir.

Le cœur de Tariq s'arrêta de battre.

— Ce n'est pas possible.

Il devait y avoir une erreur. Après tout, Jamil ne connaissait même pas le nom d'Éloise. Que pouvait-il savoir à son sujet ?

— J'ai aidé moi-même à superviser son trajet de retour, expliqua ce dernier d'un ton désinvolte. Apparemment, une urgence l'appelait à Ras Sarat et elle ne pouvait rester une minute de plus. Elle était catégorique.

Éloise était partie.

Elle l'avait fui.

Jamais elle n'avait eu l'intention de poursuivre leur discussion. Elle avait disparu, sans un mot, sans un au revoir.

Il pressa ses paumes contre son bureau.

— Les autres délégués sont restés. Cela ne devrait pas affecter les réunions d'aujourd'hui.

Tariq baissa la tête, fixant un point sur sol.

— Votre Altesse ?

Pas de réponse.

— Tariq ? murmura Jamil en fronçant les sourcils. Que se passe-t-il ?

— Qui la conduisait ?

— Je ne sais pas... un des gardes royaux.

— Découvre qui et où ils se trouvent. Cela fait combien, dix heures de route ? Ils ne doivent pas avoir atteint la frontière. Qu'on prépare mon hélicoptère.

— Tariq, ce que vous dites n'a aucun sens. En plus, elle a embarqué sur un vol commercial.

Le cheikh releva la tête, stupéfait.

— Elle a pris *l'avion* ?

Soudain, il fut submergé par mille pensées. Éloise devait être absolument désespérée pour se résoudre à prendre l'avion. Il l'imagina, seule dans les airs, terrifiée, sans personne pour lui tenir la main et prendre soin d'elle.

Il gémit doucement et s'approcha de la fenêtre sans tenir compte du regard préoccupé de Jamil, braqué sur lui. Dehors, les premiers rayons du soleil perçaient à travers le désert, annonçant l'aube d'un jour sans Éloise.

Il quitta son bureau et se rendit directement jusqu'à la suite de la jeune femme, qui n'avait pas encore été nettoyée. En entrant, il huma un soupçon de son parfum et il eut l'impression de recevoir un coup de poing dans le ventre.

Il se dirigea vers le lit et passa ses doigts sur la couverture. Il l'imagina endormie, en train de rêver de lui. Dans la salle de bains, tout était parfaitement propre et bien rangé. Il entra dans le petit salon et regarda à travers la fenêtre qui donnait sur le bosquet d'agrumes où ils s'étaient rencontrés la première fois quand il montait à cheval. Le cœur serré, il détourna lentement les yeux et c'est alors qu'il remarqua une enveloppe blanche posée sur le bureau. Elle était scellée, et son nom y était inscrit soigneusement à la main.

Il la saisit et l'ouvrit rapidement.

T.

Rester à Savisia et devoir être différents de ce que nous avons été dans le désert serait trop douloureux à supporter.

Te voir partager ta vie avec une autre et fonder une famille me serait insupportable.

Mais c'est ce qu'il te faut.

Si seulement je t'aimais moins…

Tu seras un mari merveilleux.

Je t'en prie, prends soin d'elle.

À toi, pour toujours.

E.

Tariq froissa le message dans son poing. Il traversa le palais en trombe. Son visage était plus sombre qu'un ciel d'orage. Ses yeux lançaient des éclairs.

— Mais c'est si long ! s'écria Elana.

Le cœur d'Éloise se serra. Les deux amies s'étaient promis de toujours rester ensemble, de demeurer inséparables jusqu'à la fin de leur vie.

— Ce n'est que pour un an, répondit-elle. Cette occasion s'est présentée durant mon absence et je pensais que tu serais heureuse pour moi, ajouta-t-elle d'un ton taquin pour camoufler sa souffrance.

Fuir Savisia sans perspective de revoir Tariq l'avait déjà dévastée. Et voilà que quelques heures plus tard, elle annonçait à sa meilleure amie qu'on lui offrait un prétendu job de rêve à Londres. Tout cela parce qu'elle ne supportait pas de vivre dans la culpabilité.

— Oui, bien sûr, je suis contente pour toi, marmonna Elana en fronçant les sourcils. C'est juste que…

— Tu auras largement de quoi faire dans les mois à venir, ma chère princesse, coupa Éloise.

Elana pâlit.

— Bien sûr… mon mariage…

— Oui, confirma Éloise en leur servant du thé pour cacher sa tristesse. Tu seras bientôt la cheikha de Savisia. Cela t'occupera beaucoup.

— Mais comment vais-je réussir à vivre sans toi ?

— Tu auras Son Altesse…

L'espace d'un instant, Éloise fut heureuse pour son amie. Tariq était une personne merveilleuse et elle ne doutait pas qu'il ferait un bon mari.

— Tu crois vraiment que c'est ce que je dois faire ?

— Je pense que c'est important pour ton royaume, répondit-elle doucement. Et pour le sien.

— Resteras-tu au moins jusqu'au mariage ?

— Je suis vraiment désolée, balbutia Éloise. Ils m'ont demandé de commencer le plus tôt possible. Je compte partir dès aujourd'hui.

— Mais tu viens juste de rentrer !

— Je sais. C'est... regrettable.

— Tu es vraiment trop sollicitée, ma chérie. As-tu au moins le temps de finir le petit déjeuner avec moi ?

Éloise n'avait pas faim du tout mais elle hocha la tête en se forçant à sourire.

Tariq prit son jet pour se rendre dans la cabane des montagnes. Il avait besoin de temps et d'espace pour réfléchir loin du monde, clarifier son esprit et savoir comment procéder. Une fois sur place, il analysa ce qui était en jeu. Son histoire familiale, sa légitimité à s'asseoir sur le trône de Savisia, le risque de soulèvement du peuple, les finances de Ras Sarat et enfin, Éloise. La jeune femme était le sujet qui lui tenait le plus à cœur mais il savait qu'elle ne voudrait pas qu'il en soit ainsi.

Elle tenait à ce qu'il épouse Elana, pour le bien de Ras Sarat. Quoi qu'il arrive, Tariq devait trouver un moyen d'aider ce pays. Combien était-il prêt à sacrifier ? Que pourrait-il y gagner ?

Il resta à la cabane deux jours et deux nuits. Ce n'est que le troisième matin que la solution s'imposa à lui dans toute sa clarté.

Elle nécessiterait le déplacement de plusieurs pièces dans l'échiquier de sa vie et la bonne volonté de presque tout le monde.

Mais s'il réussissait, il serait enfin heureux.

Il parla d'abord à sa mère.

— Je vais faire une déclaration publique, lui annonça-t-il. Nous traverserons peut-être une période difficile et il risque d'y avoir des troubles.

La cheikha lui adressa un sourire bienveillant.

— Tout se passera bien, j'en suis sûre.

Tariq fut pris de court par sa confiance.

— Comment le savez-vous ?

— Quand nous t'avons trouvé dans cet hôpital, tu étais complètement brisé. Les médecins pensaient que tu ne survivrais pas plus d'une journée, et pourtant tu es là. Tu es un combattant, Tariq, tu l'as toujours été. Tu as en toi la force de mille guerriers. Et je serai à tes côtés.

Graciano fut le suivant. Leur seconde rencontre fut d'une autre nature, pour la simple raison que son frère était accompagné par Alicia, sa femme, une fillette de onze ans et un enfant en bas âge. Tariq sentit son cœur déborder de joie en découvrant cette famille. La sienne. Sa nièce ressemblait trait pour trait à sa mère biologique, que Graciano lui avait montrée sur la seule photo qu'il possédait.

La cheikha fit preuve d'un tel élan de tendresse envers Graciano et Alicia que même celle-ci en fut bouleversée. Tariq vit briller des larmes dans les yeux de sa belle-sœur, qui lui adressa un sourire ému.

— Graciano et moi avons été seuls longtemps avant de nous retrouver, expliqua-t-elle. Ta mère est si accueillante et bienveillante… c'est vraiment un moment merveilleux.

Tariq hocha doucement la tête.

— Tu veux bien rester auprès d'elle un instant ? Je dois discuter d'une affaire avec ton mari.

— Ton frère, corrigea Alicia avec un sourire chaleureux.

La dernière visite qu'il devait rendre était à la cour de Ras Sarat. Pas auprès d'Éloise, même si cela le tuait presque de s'envoler vers elle sans perspective de la revoir pour l'instant. Avant cela, il devait s'entretenir avec la princesse héritière.

Conduit par un domestique, il entra dans la jolie véranda où Elana l'attendait.

Elle était vêtue d'une élégante robe en soie verte, et ses cheveux étaient sagement tirés en un chignon bas. Jamil avait raison, elle était ravissante, même si elle n'éveillait absolument rien chez Tariq.

Il s'inclina respectueusement devant elle.

— Merci de m'avoir reçu.

— C'est un plaisir.

Tariq étant un homme d'honneur, la conversation suivante fut l'une des plus difficiles qu'il eût jamais à mener.

— Votre Altesse, dit-il doucement. Il ne nous est plus possible de nous marier.

La surprise se grava sur les jolis traits d'Elana. Elle se tint immobile, les mains jointes, l'invitant à poursuivre.

— Alors que vous n'étiez qu'une enfant, ce pays s'effondrait déjà à cause de la corruption et de l'avidité de certains. La situation actuelle n'est en rien de votre faute.

La princesse pâlit légèrement et prit une grande inspiration avant de répondre.

— Peut-être fit-elle en hochant la tête. Mais c'est ma responsabilité.

Tariq admira sa force de caractère. Elle tenait à trouver une solution pour son peuple.

— Notre mariage serait en effet pour moi une manière de vous aider, mais il en existe une autre.

Elana le regarda, surprise.

— Vraiment ? Laquelle ? Sans vouloir vous offenser, je n'aurais pas envisagé de vous épouser s'il y avait eu une alternative. Et croyez-moi, j'ai bien cherché.

Tariq éclata de rire face à son aveu sincère et direct. Peut-être était-ce parce qu'elle était si proche d'Éloise, mais il aima immédiatement la jeune femme.

— Avez-vous déjà entendu parler de Graciano Cortéz ?

— Bien sûr.

— Il cherche à investir massivement dans une série d'hôtels et de centres commerciaux de luxe à Savisia. Que diriez-vous qu'il déplace son projet ici, à Ras Sarat ?

Elana écarquilla les yeux.

— Mas pourquoi ferait-il cela ?

— Votre pays est magnifique, répondit Tariq. Un investissement comme le sien permettrait de créer des milliers d'emplois et générerait des milliards de dollars de revenus. Plus important encore, cela apporterait un regain d'intérêt pour votre région qui attirerait les touristes et l'intérêt de nouveaux investisseurs. De votre côté, vous devrez vous concentrer sur la refonte du système de régulation financière de votre pays, pour être sûre que les agents politiques ne siphonnent pas les bénéfices...

— C'est déjà en cours, affirma Elana, les joues roses. Éloise, mon amie – je crois que vous l'avez rencontrée ? -travaille depuis deux ans avec le Parlement sur des réformes législatives visant à prévenir les corruptions.

Un sourire effleura les lèvres de Tariq. Il imaginait si bien Éloise œuvrer avec son sens incontestable du droit et de la justesse pour servir le pays. Une preuve de plus de sa loyauté envers Elana.

— Je peux vous aider, déclara-t-il doucement. Je regrette d'avoir mis si longtemps à comprendre votre situation. Vous n'aurez plus à assumer seule ces difficultés. Savisia et Ras Sarat ont toujours été amies et elles le redeviendront.

Elana s'assit brusquement, comme si cette nouvelle l'avait épuisée.

— Seules 10 % de nos importations proviennent actuellement de Ras Sarat, poursuivit Tariq. Ce chiffre pourrait être largement augmenté. Nous devrons intensifier nos efforts dans ce sens au cours des deux prochaines années, mais j'ai besoin d'un engagement ferme de votre gouvernement pour lancer ce processus.

— Considérez que c'est fait, annonça Elana avec un sourire.

Elle s'interrompit et le regarda intensément.

— Que s'est-il passé, Votre Altesse ? demanda-t-elle gentiment.

Il ne fit pas mine de ne pas avoir compris mais garda le silence.

— Éloise m'a donné la nette impression que vous étiez déterminé à ce que le mariage ait lieu. La dernière chose à laquelle je m'attendais était de vous voir arriver, quelques jours plus tard, pour m'annoncer le contraire.

— Votre amie a joué un rôle essentiel pour m'amener à ce point, fit-il doucement. Serait-elle disponible pour discuter de certains de ces détails ?

Il se maudit intérieurement d'être aussi faible. Comme il avait eu tort de penser qu'il pouvait venir ici sans demander à la voir.

— Non, je suis navrée. Mais je peux faire appeler quelqu'un d'autre de ma délégation, si vous le souhaitez ?

Il était coincé. Il regarda Elana totalement confus. Comment aborder la question sans risquer de blesser les sentiments de la princesse ?

— Votre Altesse, reprit-elle en le scrutant attentivement d'une manière qui ressemblait de façon troublante à celle d'Éloise. Il s'est passé quelque chose à Savisia, n'est-ce pas ?

Tariq resta immobile et parfaitement silencieux.

— Éloise est revenue *en avion*, avant tout le monde, et elle a repris *un vol* le jour même pour l'Angleterre, poursuivit Elana. Vous n'imaginez pas le courage qu'il lui faut pour se résoudre à monter dans un avion...

Il aurait souri s'il n'avait pas été dévasté d'apprendre que la jeune femme se trouvait à présent si loin de lui.

— Elle accorde une importance capitale à votre amitié, dit-il lentement en cherchant les mots justes. Elle voulait favoriser notre union parce qu'elle pensait, comme moi à l'époque, que c'était la meilleure solution de servir votre royaume tout en répondant à mes besoins.

— Cette union aurait eu de nombreux avantages pratiques mais je suis soulagée que vous ayez trouvé une autre option, avoua Elana en rougissant. Je ne sais pas si j'aurais pu survivre à un mariage de raison. Même Éloise ne connaissait pas mes réserves, sinon elle m'aurait dissuadée de le faire.

— J'ai passé beaucoup de temps avec elle durant son séjour à Savisia et j'ai compris tout de suite qu'elle était la seule que j'aurais à convaincre.

— Sage interprétation, confirma Elana avec un sourire.

— Cependant, il s'est produit quelque chose d'inattendu, reprit Tariq en baissant la tête.

La princesse patienta, l'encourageant par son silence à poursuivre.

— Plus je côtoyais Éloise, plus j'avais du mal à me passer d'elle, poursuivit-il en levant les yeux vers Elana. J'en suis venu à... Peu à peu, j'ai compris que je ne pouvais pas imaginer ma vie sans elle. Je suis tombé amoureux d'Éloise.

Elana le regarda, stupéfaite, puis un sourire lumineux éclaira son joli visage.

— Vous aimez Éloise ! Bien sûr, comment ne pas l'aimer ? Et elle vous aime aussi, c'est évident. Sinon, pourquoi aurait-elle détalé ainsi ?

Tariq la regarda sans rien dire.

— Elle voulait tant notre bonheur qu'elle était prête à sacrifier le sien, reprit la princesse. Cela lui ressemble tellement. Il n'y a pas plus attentionnée et plus généreuse au monde, acheva-t-elle, des larmes dans la voix.

— Oui, acquiesça-t-il, soulagé de la réaction d'Elana. Savez-vous où je peux la trouver ?

La princesse lui sourit.

— Bien sûr.

Elle s'approcha d'un bureau et griffonna quelques mots sur un morceau de papier, qu'elle lui tendit.

— C'est l'adresse de ma maison à Londres. Je lui ai suggéré de s'y installer, le temps de trouver ses marques dans son nouvel emploi, en espérant qu'elle détesterait ça et qu'elle rentrerait à la maison avant d'avoir signé un bail ailleurs.

— Elle sera bientôt de retour, affirma-t-il en serrant le bout de papier dans sa main. Je vais m'en assurer. Merci, Votre Altesse, acheva-t-il en s'inclinant.

— S'il vous plaît, ne soyons pas si formels. Nous sommes une famille à présent.

Une famille de plus. Tariq sourit en quittant la pièce, prêt à déplacer la dernière pièce de l'échiquier. Il resterait beaucoup d'inconnues à gérer mais, avec Éloise à ses côtés, il était prêt à tout.

12

Chaque matin, Éloise retenait son souffle en parcourant les journaux savisiens pour y trouver la trace d'une annonce officielle. Alors seulement, elle pourrait respirer.

Une fois le mariage lancé, elle cesserait de remettre en question ses décisions et d'espérer une autre solution pour atteindre son bonheur.

Pourtant, elle savait que le problème était insoluble : jamais elle ne pourrait faire cela à Elana et à Tariq.

Les jours passèrent sans que rien paraisse dans ce sens, et Éloise commença à s'inquiéter. Elle savait qu'elle devait se secouer et se mettre en quête d'un nouveau travail mais elle n'avait aucune énergie.

Elle quittait à peine la maison, passant ses journées en peignoir dans son canapé à boire du thé. Les événements de son séjour à Savisia repassaient sans cesse dans son esprit comme un film : chaque regard, chaque sourire, chaque contact.

Tariq lui manquait tellement qu'elle avait du mal à respirer, mais il en serait désormais ainsi pour le restant de son existence et elle devait apprendre à le supporter.

Le cinquième jour, elle revêtit un jean et un pull, déterminée à faire quelque chose de sa vie. Elle prit un petit déjeuner léger, but un café noir et se brossa les cheveux en contemplant son reflet dans le miroir, les sourcils froncés. Il lui sembla qu'elle était déjà plus pâle. Le soleil lui manquait. La chaleur aussi. En fait, tout lui manquait...

On frappa un coup à la porte et elle s'y rendit à pas lents. Quand la princesse était à Londres, il y avait un garde à l'entrée mais, pour Éloise, un simple loquet suffisait.

Elle entrouvrit la porte et s'immobilisa, paralysée.

— Tariq ?

Le nom adoré jaillit de ses lèvres tandis qu'un tumulte de sentiments emplissait confusément son esprit, le choc, la colère, l'amour et le désir. Il était vêtu d'une large tunique savisienne et elle le trouva plus séduisant que jamais.

— Éloise, dit-il doucement en plongeant ses yeux brûlants dans les siens. Tu as une minute ?

Comme si elle avait autre chose à faire de sa journée…

— Je croyais te l'avoir expliqué dans ma lettre, murmura-t-elle. L'as-tu bien reçue ?

— Oui, mon ange, je l'ai lue. Maintenant, laisse-moi entrer ou bien je défonce cette porte, ajouta-t-il d'une voix rauque.

Elle s'écarta et la première pensée qui lui vint fut bizarrement qu'elle était gênée de porter des vêtements occidentaux devant lui. À Savisia, elle était vêtue de robes longues et fluides et sa tenue lui fit l'effet de créer une ligne invisible entre eux, soulignant à quel point ils étaient éloignés.

Mais Tariq ne sembla pas y prêter la moindre attention. Tandis qu'il pénétrait dans le hall d'entrée, son regard ne quittait pas son visage, ses lèvres, ses yeux, ses cheveux.

— Est-ce que cela ne fait vraiment que cinq jours ? murmura-t-il en prenant le visage d'Éloise entre ses mains.

— Tariq, arrête, souffla-t-elle en tremblant, consciente qu'elle n'avait pas la force de s'écarter. Tu ne dois pas être ici.

— Pourquoi pas ?

— Tu le sais très bien, fit-elle en haletant. Tu vas épouser ma meilleure amie.

Il pressa un doigt contre ses lèvres.

— Comment crois-tu que je t'ai retrouvée ? demanda-t-il doucement.

Elle fut prise d'une peur soudaine.

— Oh mon Dieu, tu as parlé à Elana ?

— Oui, acquiesça-t-il.

Elle ferma les yeux.

— Tu n'avais pas le droit...

— J'avais tous les droits. Et c'était essentiel.

Elle tremblait à présent, mais plus pour la même raison. Le sentiment d'avoir trahi son amie la rongeait déjà.

— Pourquoi ? fit-elle.

— Parce qu'elle méritait de le savoir.

— Ce n'était pas à toi de prendre cette décision.

— Elana méritait de savoir que nous étions tombés amoureux, dit-il à voix basse.

Éloise prit une grande inspiration, s'imprégnant de la chaleur de cet aveu qui lui prouvait que leurs cœurs battaient à l'unisson. Profitant de sa lumière un instant avant de devoir affronter la triste réalité.

— Dans quel but ? demanda-t-elle à voix basse. Tu vas l'épouser. Tout ce que tu as fait, c'est détruire mon amitié avec elle.

— Je ne l'épouserai *pas*, mon ange. Comment le pourrais-je ?

— Pourtant, il le faut, répliqua-t-elle, le cœur serré.

— Pourquoi ?

— Pour ton frère, tes parents et parce que Ras Sarat a *besoin* de toi.

— Ras Sarat a besoin d'un allié, et c'est ce que je serai. Je peux offrir un soutien financier et commercial au pays, sans forcer Elana à un mariage qu'elle préfère clairement éviter.

Éloise écarquilla les yeux.

— C'est possible ?

— Nos pays ont une histoire commune très ancienne. Bien sûr que c'est possible.

— Mais qu'en est-il de toi ? fit-elle en posant une main sur le torse de Tariq. Tu as *besoin* d'un héritier royal.

— J'ai besoin d'un héritier, confirma-t-il en hochant la tête. Mais l'idée de mettre enceinte une autre femme que toi m'est insupportable, alors je pense que nous devons mettre au point un autre plan. Tu rentres avec moi à Savisia en tant que fiancée officielle et nous organisons un mariage rapide. Après ces cinq jours de séparation, le plus tôt sera le mieux.

Éloise avait de la peine à le suivre. C'était trop.

— Mais comment cela pourrait-il fonctionner ? Tu es espagnol et je suis anglaise. Comment imaginer que le peuple savisien puisse un jour m'accepter ?

— Je ne suis pas espagnol, déclara Tariq en secouant la tête. Je suis né en Espagne mais tous mes souvenirs sont à Savisia, et je suis né une seconde fois en arrivant là-bas. Avec le temps, je trouverai le moyen de concilier ces deux parties de moi-même : le petit garçon que j'étais et l'homme que je suis devenu. Mais l'une ou l'autre voie m'amènent à la même conclusion : je suis fait pour régner, comme tu l'as dit, et je tiens à ce que mon peuple me soutienne. Si un soulèvement menace ma légitimité sur le trône, nous y ferons face ensemble.

Elle ferma les yeux.

— Mais ton mariage avec Elana…

— N'aura pas lieu, coupa Tariq en lui lançant un regard brillant de détermination. Il y a beaucoup de choses que je suis prêt à abandonner pour mon pays, *habibi*, mais une vie avec toi n'en fait pas partie. Pas toi.

Il saisit la main d'Éloise et la porta à sa bouche pour y déposer un baiser.

— Je t'aime, dit-il simplement. Et j'ai besoin de toi dans ma vie. Veux-tu rentrer à la maison avec moi ?

Elle cligna des yeux, confuse, tandis que son cœur s'emballait dans sa poitrine. Penchant la tête sur le côté, elle l'observa quelques secondes. Elle perçut son inquiétude et ses doutes et sut qu'elle devait mettre fin à cette souffrance.

— Je suppose que j'arriverai à supporter un vol de plus, Tariq. Pour toi et pour la vie que nous partagerons ensemble.

— En fait, répliqua-t-il doucement en se penchant pour effleurer ses lèvres des siennes. Je me suis dit que nous pourrions rentrer par la route.

Il s'interrompit pour l'embrasser lentement.

— Rien ne presse, après tout.

Ils traversèrent la Manche en train puis, une fois arrivés en France, Tariq les conduisit à travers les champs de vignes jusqu'aux Alpes montagneuses. Ils gagnèrent ensuite les villages anciens de Croatie et de Grèce où le sublime yacht du cheikh les attendait. Ils traversèrent la Méditerranée et accostèrent dans un port non loin de Savisia. À partir de là, Éloise n'était officiellement plus la conseillère de la princesse héritière de Ras Sarat mais bien la fiancée du cheikh. Ils furent accueillis à leur arrivée par une armée de serviteurs. Quinze d'entre eux, chargés de vêtements et de bijoux étaient dédiés au service d'Éloise, de sorte que, lorsqu'elle entra dans Savisia, elle ressemblait fidèlement à l'image qu'on pourrait se faire d'une future cheikha.

En chemin vers le palais, elle regarda Tariq, le cœur battant, mais elle lut dans ses yeux une telle confiance qu'elle releva la tête et sourit. Tout dans sa vie l'avait conduite à ce point, elle en était persuadée.

Pour son plus grand plaisir, Elana les attendait, et les deux amies tombèrent dans les bras l'une de l'autre en pleurant.

— Tu aurais dû me le dire, la réprimanda tendrement la princesse.

— Je pensais avoir tout gâché, répliqua Éloise doucement.

— Et tu vois, c'est le contraire qui s'est produit, répondit son amie en la serrant fort.

Éloise fut ensuite conduite chez la cheikha avec qui elle prit le thé, puis elle fit la connaissance de Graciano, Alicia et leurs enfants.

À la fin de la journée, elle avait la tête qui tournait de tout ce bonheur, mais l'intimité qu'elle avait partagée avec Tariq durant leur voyage en Europe lui manquait déjà.

Lorsqu'elle lui en fit la remarque, celui-ci lui adressa un sourire enjôleur.

— C'est drôle, je me disais justement que j'irais bien faire un tour dans le désert. Tu ne voudrais pas m'y accompagner ?

— Je pensais que tu ne me le demanderais jamais...

Là-bas, le ruisseau brillait toujours de ses magnifiques algues phosphorescentes mais ce n'était rien, comparé à l'éclat de leur amour et de leur joie.

Tariq s'était inquiété de l'impact que son identité pourrait avoir sur sa prétention au trône mais, en fin de compte, le peuple savisien se concentra essentiellement sur son mariage, sa ravissante épouse et, très vite après, l'annonce de sa grossesse. Loin de tout le tollé auquel le cheikh s'était attendu, le peuple éprouva d'emblée une adoration unanime pour le nouveau descendant de la famille royale, car c'est ainsi, bien entendu, que cet enfant était perçu. Néanmoins, afin d'éviter toute contestation future, Tariq ordonna un référendum pour statuer sur la question. Le vote fut massivement en faveur de sa reconnaissance comme héritier officiel et légitime du trône savisien.

Les années passèrent, douces et prospères pour Savisia, et rapidement pour Ras Sarat. Des années de paix et de fortune au cours desquelles Tariq se sentait chaque jour reconnaissant d'avoir rencontré Éloise.

Ils eurent quatre beaux enfants et lorsque Annie, la fille aînée de Graciano et Alicia, acheva ses études secondaires, la famille emménagea à Savisia pour se rapprocher de Tariq. S'étant tellement manqué l'un à l'autre, les deux frères ne voulaient plus être séparés, et l'un des passe-temps favoris de Tariq consistait à écouter Graciano lui parler de leurs parents.

La mère du cheikh appréciait ces conversations et, d'ailleurs, elle était devenue plus ou moins *de facto* la mère de Graciano et Alicia, qu'elle aimait presque autant qu'Éloise.

Plus important encore, Tariq comprit au fil du temps que la famille va bien au-delà des liens du sang. La famille est un choix que l'on fait chaque jour en respectant et en chérissant les êtres qu'on aime. Et chaque jour qui passait, avec Graciano et Alicia, sa mère, Elana et surtout Éloise et leurs enfants, il ressentait la richesse de sa propre et magnifique famille recomposée.

Il avait effectivement été béni.

Vous avez aimé ce roman ?
Retrouvez en numérique les frères Cortéz :
1. *Secret chez les Cortéz*
2. *La tentation des sables*